FRÈRES

ALEXANDRE JARDIN

FRÈRES

ALBIN MICHEL

À mes cinq enfants,
Liberté,
Roma,
Virgile,
Robinson,
Hugo.
Je vous offre l'énigme de cet oncle inconnu.

Qu'on ne m'en veuille pas trop
si je suis carne dans ces pages.
Mon regard n'est pas la réalité,
seulement la vision de l'enfant que j'ai été.

Petits repères dans une famille qui en manque

Mon père Pascal Jardin (1934-1980), dit « le Zubial », a eu deux enfants nés d'un premier lit, le très improbable Emmanuel Jardin et la femme de cœur Nathalie Jardin, de dix ans mon aînée. Nos mères nourrissant une passion modeste l'une pour l'autre, nous avons tous été élevés dans une certaine distance qui, dans mon cœur, forme une belle proximité.*

Ma mère, morte en novembre 2021, Stephane-Marie Jardin-Caro née Sauvage, seconde épouse de mon père, est la mère de Marie-Barbara Chenu née Hervey, dite « Baba », décédée en février 2022, et de Frédéric Jardin, très vivant, né avec entrain en mai 68.

Jean Jardin, surnommé « le Nain Jaune », est notre

* Personnage éponyme d'un ouvrage que je lui ai consacré, *Le Zubial*, Folio, 3206.

*grand-père scintillant d'intelligence, très vichyste, un homme « très bien » au passé glaçant**.

Un point commun à ce petit monde : personne ne sous-vit, même les ratés obstinés. Pas d'insubstance. On fait le bien, le mal souvent, on agace parfois, mais on le fait vastement.

---

* Voir *Des gens très bien*, Le Livre de Poche, 32456.

Personne ne m'a plus questionné, dérouté, effrayé, charmé, angoissé et remis en question, que mon frère Emmanuel. À un point si paroxystique que, pendant trente ans, j'ai préféré ne plus songer à lui et à sa liberté ravageuse. Face à son « cas », j'ai longtemps eu un lot de pensées confuses dont je ne savais que faire. Emmanuel était l'adresse de mon chagrin évité.

Un gouffre.

Toute existence est de l'oubli. L'être humain, ce n'est peut-être que ça, des trous de mémoire pour continuer à exister et se constituer un petit magot de bonheur. Malgré les vents contraires. À un moment, ça m'a excédé d'éluder Emmanuel. Alors que je l'aimais tendrement. Le bric-à-brac de nos souvenirs de traviole, je n'en pouvais plus.

Redécouvrir Emmanuel, le tirer de l'effacement, c'est donner son vrai nom à la liberté. Trois décennies après son exécution, je suis endeuillé de sa joie, veuf de notre tendresse. Embusqué derrière son physique préraphaélite, il n'a jamais sommeillé son destin. La routine ordinaire n'encadrait ni ne rythmait son sort à l'emporte-pièce. Sa liberté incalculée fait sans doute de cet irrégulier en tout le plus inclassable et dérangeant du clan Jardin.

Emmanuel est un délicieux chahut de mal-être, infiltré de nostalgies, l'annexe d'un désordre charmant, un inventaire d'impensable. Il a si vite désinfecté sa conduite de toute inhibition. Répertoire de désirs jamais bornés, il ne savait pas exister sans vivre. Un passe-frontières morales. Les cerbères de la bienpensance l'ennuyaient. Mon frère a été désobéissant à foison, rêveur souvent. Et libre à en crever. Trouver sa pitance n'a guère intéressé sa poétique nature, même s'il a parfois crevé de faim. La culture et la prière étaient ses plus grandes fringales.

À dix-huit ans, Emmanuel ouvre la fenêtre en grand.

Notre père tout juste mort lui manque-t-il ? Il saute dans le lit de sa dernière compagne officielle, notre ex-belle-mère, la fait jouir délicieusement. En bivouaquant dans les draps paternels, il a l'impression d'être lui, ou plutôt son écho, sans la moindre hésitation. En se libérant les instincts. Quant à sa maîtresse, elle a sans doute été conquise par son air de jeunesse héroïque qui sentait Pascal.

Veut-il devenir réalisateur ? Stagiaire à la mise en scène sur un gros film de prestige, bien payé, il se tire du tournage sans prévenir au motif que ce boulot sans panache ne correspond pas à sa démesure. En se fichant de brûler son tout début de réputation. Il ne se fend même pas d'un petit mensonge de courtoisie. Emmanuel se contente de laisser un mot bref au réalisateur : « Vous me resserrez, vous m'ennuyez. » Il a déjà du trait, de la répartie sans prudence. Aucun patron ne le télécommandera jamais. Patienter et tâter de l'obéissance n'est pas dans ses talents.

Cherche-t-il l'amour de Dieu dans sa vingtaine ? Le voilà angélique dans un monastère, l'âme lisse, radieux près des bénitiers et cultivant la règle de saint Benoît. A-t-il un rendez-vous galant en Suisse à vingt-cinq ans ? Il se catapulte aussitôt vers Genève en roulant à plus de deux cent vingt km/h sur une moto exagérée, sans casque ni permis. Projectile, cheveux au vent. La mort est son alliée la plus intime. Funambule de nature, il vit plus d'inspiration que de réflexion. Se sent-il désiré par la peinture à seize ans ? Il dessine aussitôt, et peint à gogo pour posséder ses songes. Les poèmes déchirés et alarmés de ses dix-huit ans, nostalgiques de l'avenir, ont les fulgurances d'un géant de la plume, les ambiguïtés des grands classiques.

Aime-t-il une Sud-Africaine amphibie rencontrée fugacement à Athènes à vingt-sept ans au bord d'une mer paresseuse ? Une fille qui aura un instant de fraîcheur, et jamais de beauté à mes yeux. Il lui jure l'amour, veut faire d'elle le moyeu de sa vie et l'épouse aussi sec. Non sans avoir annulé la noce le matin même pour cause de doute nocturne ; changeant illico le repas de mariage en repas de fiançailles. A-t-il un coup de foudre amical pour le réalisateur Jean-Jacques Beneix ? Il lui offre aussitôt sa femme aux cheveux impétueux et me trouve singulièrement étriqué quand je m'en émeus. Avec lui, rien n'est plus imminent que l'impossible. Gourance ? Non, il assume.

À vingt-trois ans, veut-il de l'aide vers le chemin de la réalisation ? Il se permet de devenir le gigolo attitré d'une productrice de forte surface, pilote ses limousines, croque ses chèques pour rentrer dans ses débours. Il gigolote à l'aise, ça me tourneboule, comme s'il savait que toute possession humaine n'est jamais qu'un dépôt. Quel tournis. Me trouve-t-il sans voiture l'année de mon premier mariage ? Il me donne la sienne alors qu'il est fauché et moi rupin.

Emmanuel rêve-t-il de mes débuts en fanfare sur la scène littéraire ? À trente et un ans, il se fait refaire le nez pour avoir le mien afin que tout aille mieux. La bricole esthétique va le sauver, il en est certain.

M'aime-t-il ? Il m'écrit une lettre d'amour qui excède les bornes de la fraternité. Souffre-t-il de ma réussite précoce d'écrivain, de mes airs de starlette parisienne du stylo ? Il me déclare par lettre qu'il ne me verra plus. Sans se gratter.

Emmanuel l'aérien, aussi drôle qu'un Roberto Benigni et exquis qu'un Marcello Mastroianni, est toutes les licences à la fois. Poivrées d'éclats de rire, pimentées de joie contagieuse. Et l'accès dérangeant au méli-mélo des désirs non autorisés. Toujours pris dans de disparates histoires, l'animal. Il y a de l'Italie des sixties chics dans ses gambades en zigzag, rien de rabâché dans ses initiatives. Quelle cohue menée au grand trot ! Tout l'inverse de moi dans ces années où je cultive un sérieux professionnel méticuleux et personnifie la vertu privée. Il est tourbillon, je suis pilier. Son opposé. Aux antipodes des personnages littéraires que je crée à tout va. Tous sont des Emmanuel de papier, des briseurs de chaînes, des héros qui sont portions d'océan alors que je suis verre d'eau. Je babille, je publie, il enfile les bancos.

Le 11 octobre 1993, je suis loin de Paris depuis déjà vingt-sept heures de vol. J'ai fui à tire-d'aile dans l'hémisphère Sud pour ne pas être éperonné par l'événement qui rôde depuis un moment déjà. Sans que j'y croie tout à fait. Sautant sur l'alibi d'une invitation professionnelle – un événement littéraire austral assez peinard –, j'ai déménagé loin des angoisses qui nous cernent. Inquiet pour mon grand frère, je me refuse encore à croire au malheur définitif. Et que le destin coupant puisse obscurcir mon optimisme conquis, et cela pour toujours. Depuis la mort de notre père, c'est dans ce rayon-là que j'ai trifouillé. Je n'ai encore jamais respiré l'acide pur de la tragédie. À vingt-huit ans, je me sens l'humeur égale, la belle confiance et l'entrain un peu mirliton des âmes conçues dans l'épanouissement d'un amour, choyées par la chance et brevetées pour l'enthousiasme.

Le 12 octobre 1993, le téléphone sonne dans ma chambre à Nouméa, juste avant les éclaircies tropicales. Je suis dans un hôtel ancien sur pilotis qui a des nostalgies de bateau, pieds inondés à marée haute. Agrippé par un sommeil moite, je m'oblige à répondre. Aussitôt, je reconnais dans l'appareil la voix soufflée de la mère de mes garçons. Hélène n'est pas à l'aise, directe dans l'aube :

– Emmanuel est mort. Il s'est tiré une balle dans la bouche, chez sa mère. À bout portant. Il faut que tu reviennes pour l'enterrement.

– Mon frère ?

– Tu as juste le temps de sauter dans un avion. La mise en terre aura lieu vendredi. Tout le monde t'attend.

D'habitude, je saisis vite, mais là c'est trop d'un

coup. Je la prie de répéter. Ça me remet un peu les idées. Trois fois elle le fait, de plus en plus lentement. Emmanuel est mon demi-frère du côté de mon père, né de son premier mariage pulvérisé. Nous aimer fut nous meurtrir. Notre lien décalibré n'a rien de simple.

En ce matin calédonien, la nouvelle colossale obstrue tout. Comment Emmanuel a-t-il pu prendre l'escampette pour de vrai, et se tirer ainsi du paddock des Jardin ? L'effet de souffle est si extraordinaire que je raccroche sans rien articuler. Impossible de respirer. Abattu en plein vol, je découvre que la vie est une phrase interrompue. Comment métaboliser l'idée d'un suicide aussi violent, cette voie de fait sur un inconnu, soi-même ? La carabine en bouche, ça zigzague pas. Dans sa déroute mentale finale, Emmanuel s'est-il exfiltré vers sa lumière spirituelle par la grâce d'une cartouche ? A-t-il pleuré, eu peur, mon tendre frère ? Ah, les mots manquent parfois aux émotions trop vastes…

À l'autre bout du globe, mon cœur vient de recevoir sa balle.

Seul dans ma chambre trop climatisée, je ne sais pas quoi faire de cet attentat français, teinté d'irréalité vu d'un caillou égaré dans le Pacifique. Entiché de bonheur, zélateur d'optimisme depuis que notre père s'est barré, treize ans plus tôt, je tente de ne pas me dissoudre dans la nouvelle. On a si vite fait de se liquéfier dans la peine.

Tout de suite, je suis mordu par une pensée piteuse, égocentrée. Une pensée narcissique qui pue. Emmanuel parti, plus personne ne saura que j'ai subi une relation homosexuelle – qui me glace de honte – avec lui, mon frère, dans notre enfance. Épisode incestueux, sieste affreuse, poisseuse, remisée dans le placard de mes semi-dénis. Si peu raccord avec sa légendaire gentillesse, sa sauce calme. J'avais sept ans à peine, lui dix. Abus d'enfant déréglé par des adultes cinglés, débornés. Dominé par mon aîné, incapable d'échapper aux désirs de ce frère compliqué, déjà dépourvu de surmoi, sans le moindre couvercle, je n'ai pas su me rebiffer, désobéir à son trouble. Et m'extirper de son érotisme malaisant, si étranger pour moi. Pataquès enfantin, criblé de honte j'en suis encore. Ce recoin sombre de ma mémoire blessée disparaît avec lui. Ah, comme notre affection est semée d'impensable. En lui, aucune lacune d'obscurité.

Ce 12 octobre 1993, foudroyé dans le petit matin tropical par la nouvelle funèbre, je descends respirer l'air tiède sur un fragile ponton lancé au-dessus du lagon. Mille bleus calédoniens s'embrasent. J'ai enfilé un short bref, une chemise froissée. Le lever du soleil allume le tintamarre de couleurs que reflètent les fonds coralliens blanc neige. Ce suicide me reconnecte avec un autre être qui existe encore en moi et que je connais toujours mal, un Alexandre très friable qui a tenté de se noyer en Irlande une nuit de l'été 1980 – quelques jours après la mort de notre père à cancer. Exilé seul, loin des miens, la mort m'avait comme aspiré.

Submergé sur le ponton austral, je rameute des hypothèses frappadingues, échafaude un plan anti-douleur. Si je reste ici, Emmanuel n'est pas mort. Et si je ne rentrais jamais en France ? Si je m'établissais ici, dans le grand Pacifique excentré, là où l'Europe tragique existe à peine, à seize mille sept cents kilomètres du coup de feu qui vient de pulvériser sa cervelle ? L'image m'est encore inaccessible, je n'arrive pas à la convoquer. La pulpe radieuse de son visage d'ange a-t-elle éclaté sous l'effet de la balle tirée à bout portant ? Le rire et la drôlerie contagieuse d'Emmanuel resteraient alors vivaces pour l'éternité. Après tout, mon frère de trente et un ans n'est décédé que sur le sol métropolitain, pas dans la clarté aveuglante du bout du monde. Devant ce lagon clair, aucune détonation ne peut l'atteindre. Qui aurait l'idée de se supprimer dans un lieu démarqué du paradis, face aux poisson-perroquets pullulants, aux feux d'artifice des coraux abondants ? Et si je m'insérais dans une géographie baladeuse loin de Paris jusqu'à ma propre mort ?

Saisi par un sentiment d'irréalité, je calcule – décalage horaire oblige – qu'Emmanuel nous a quittés un 11 octobre. Et je décide hors de toute raison que ce jour d'absence n'existera plus. Voilà, c'est arrêté. Je ne pleure pas puisque le 11 octobre est annulé, biffé, recalé. D'ailleurs je n'étais pas là. Il suffira d'oublier ce jour-deuil, d'arracher de ma mémoire ces instants sanglants abominables, les menus détails de sa face d'ange réduite en bouillie.

J'y suis arrivé pendant trois décennies, en enrôlant en moi toutes les forces de l'oubli. J'ai tout enfoui, méticuleusement débranché, tant j'ai craint que tout souvenir d'Emmanuel soit le voisin du remords. À peine mes enfants ont-ils entendu des miettes de récits de la vie de ce jeune homme si baroque, furieusement libre, terriblement poète, à qui il fut défendu d'être paisible. À peine ai-je confié à quelques intimes l'amour fou que j'ai ressenti pour cet anti-moi. À peine existe-t-il encore dans mon monde. Mes yeux écarquillés d'horreur sont restés secs depuis ce lagon mirifique.

J'ai même gommé la tombe d'Emmanuel, et ne conserve plus le souvenir de sa stèle dans les Yvelines. Là où est gravé son nom, face à l'oubli. Prenant à témoin l'éternité. Mon tourment à moi, ça a été de l'annuler en bloc.

Je n'ai même pas été capable de raconter des bobards à son sujet, d'enjoliver le labyrinthe de son destin ou de lui sculpter une existence plus photogénique avec l'argile de mes regrets et de ma peine. Je n'ai même plus su la date – jour, mois, année – de son départ.

Jusqu'à ce que je la demande à notre sœur commune, Nathalie, un jour béni de retrouvailles avec elle. Ma demi-sœur me l'a chuchotée par SMS. Torrents de larmes. Cascade irrépressible d'émotions asséchées. Une chiasse de détresse. Dégivrage de toutes mes paniques en face de ce frère affolant, ambigu, génial à bien des égards et impossible à tant d'autres. Dynamitage de l'insoutenable de notre fraternité meurtrie. Mon Dieu comme je suis fragile quand je pense lui.

Le 11 octobre 1993 est resté la date oubliée de ma vie, impensable, le grand jour infecté de malheur, constamment éludé. Impossible d'examiner calmos la tragédie où se solda l'irresponsabilité des adultes qui nous ont conçus, la journée où j'ai suicidé la plus belle portion de ma sensibilité. L'anniversaire nauséeux de ma honte de n'avoir pas su dévier l'inconcevable, de n'avoir pas eu le cœur de le sauver.

Ce jour-là, Emmanuel tire sur lui-même, exécute le bouquet unique de ses talents et assassine la souffrance qui le gobe, mais il flingue aussi notre relation désemparée. Tout y a été excès, montagnes russes d'émotions, extravagances et crashs. Rien entre nous deux n'a jamais été encaserné dans des clichés, scellé dans l'attendu pépère. En 1993, notre fraternité se situe au maximum de l'incompréhension sur l'échelle du chaos, au zénith de la tendresse, de la drôlerie qui dépote, de la franchise inracontable, du dérapage sexuel traumatisant (oui, il m'a abusé enfant, avec une étrange gentillesse, à m'en paniquer). Il est le summum de la vie mystique, de l'implacable, de la générosité barjo et de la très haute poésie.

Sans enfant, Emmanuel a rêvé sa vie sans compte en banque, je me suis obligé à vivre la mienne en raclant quelques sous pour ma tribu. J'ai cru à l'effort teigneux, lui à l'inspiration allègre. Emmanuel a trouvé si jeune son plein lyrisme, moi je commence à peine. Mon existence mal étayée a rayonné, la sienne reste un soleil offusqué. Il a carabiné son désespoir, j'ai tâté du bonheur. Oh mon Dieu, qu'il est indigeste d'être un Jardin…

Ce livre est mon secret, l'obscur le plus obscur de ma vie.

J'ai étiré trente années de diversion avant de reprendre le fil de la phrase de notre lien sectionné. Pour l'enterrer enfin, dans ce linceul de papier où sa poésie va revivre. Je lui offre ici des funérailles tardives de papier. La mort récente des miens* ne me laisse plus la possibilité d'éliminer Emmanuel, de le remiser dans un angle mort empli de questions. Je continue le puzzle de notre histoire qu'il a cru assassiner, avec la certitude que tout fait tangible, même atroce, reste vivant d'enseignements. Un amour ne s'évapore jamais. Seule l'écriture rend le dernier mot face au réel glaçant et dégrippe l'âme. Mais j'écris moins pour révéler la connaissance fragile que j'ai d'Emmanuel que pour approfondir son mystère.

Ce grand frère à son aise dans le dément, avec ses colossales erreurs de navigation – comme celle dont on ne revient pas – et un immense talent pour vivre à la lisière de la liberté séduisante, embrassée à tous risques.

Parfois, il me semble que nous sommes les deux faces de la même médaille. Comme sur cette photo en noir et blanc de notre enfance où il surgit, entêté

---

* Ma mère, son mari Pierre et ma sœur viennent de s'éteindre. Triple évasion vers l'éternité qui me laisse sur le carreau, sauvé par un grand amour canadien qui redémarre tout autrement.

de songes, dans un arrière-plan net. Au premier plan flouté, je rêve moi aussi à ses côtés. Le destin ne nous a pas encore déchirés. Il s'apprête à entrer dans une adolescence glissante, à ne plus jamais appuyer sur la pédale de frein.

I

L'anti-moi

Les deux faces d'une même médaille

J'ai treize ans de rêveries, lui seize d'action. Ce jour-là, dans la maison suisse de notre grand-mère, la vue sur le lac est grillagée de pluie. À l'abri sous la tonnelle, je m'étonne de l'insistance de notre père à vouloir m'emmener « chez Mado », une tenancière de bordel parisien remplie d'âme qu'il affectionne. Emmanuel me rétorque avec gourmandise :

– Pourquoi pas ?

– Je suis un enfant. Papa n'a pas l'air de s'en rendre compte.

– Et alors ?

– Il a dit que je trouverais Claude* là-bas couvert de chaînes sous les escaliers. Ça l'a foutu en pétard, Claude.

– Papa veut t'éduquer, c'est tout.

– Maman est contre.

* Un des hommes de ma mère.

– Elle a tort. Éduquer, ce n'est pas protéger, c'est exposer.

Cette phrase lapidaire et glissante m'est restée. Où l'avait-il chapardée ? L'a-t-il entendue dans la bouche d'un Jardin ? Cette pensée était-elle de son cru ? Tout Emmanuel y est.

Je murmure, inquiet :

– Mais si j'y vais, qu'est-ce que je vais faire là-bas ?

– L'amour.

– T'es dingue ! J'ai jamais fait ça.

– Papa a raison quand il dit que Mado ne vend pas de la fesse mais du rêve. Tu ne peux pas tomber mieux.

– Tu y as été, toi, là-bas ?

– Bien sûr. Ils ont joué au poker dans la cuisine de Mado. Dans les étages, on fouettait un monsieur.

– Qui ça « ils » ?

– Les metteurs en scène de papa, un flic qui protège les filles, papa, une amoureuse de papa frisée qui écrit des romans interdits, Belmondo tapait le carton, des gens comme ça. Poilants.

– Tu rigoles ?

– Pas du tout. Les adultes sont bien plus dingues que nous. Seulement ça, on ne l'apprend pas en pension ou à l'école.

– Claude était là ? Couvert de chaînes ?

– Non. En jouant au poker, ils mangeaient tous du pot-au-feu de Mado. Très bon.

– Et toi, qu'est-ce que t'as fait ?

– L'amour ! s'exclame-t-il avec fierté.

– Avec qui ?

– Une rousse feu ! Des fesses, mais des fesses…

Je reste pantois. Je suis scolarisé dans une école catholique de la sage rue de la Pompe, je rêve déjà d'approfondir l'énigme de l'amour par un lien de tête, je n'ai jamais tenu le bout de la main d'une fille et ne m'encanaille qu'en dégustant des Lucky Luke et des albums d'Astérix qui me semblent un peu lestes. On y aperçoit, parfois, des « Lutétiennes » dessinées par Uderzo au poitrail galbé qui me font de l'effet. Pour moi, Emmanuel semble appartenir à une autre galaxie bien loin de ma nature craintive.

Déjà il chevauche la grande liberté. Celle des Jardin que rien ne comprime. Ce culte de l'incartade qui m'inquiétera toute mon existence. Au fond, jusqu'à l'arrivée de ma femme-vie canadienne qui m'a reconnecté à ma liberté heureuse, je n'ai eu d'audace que dans mes romans. J'ai boudé le réel. Emmanuel, lui, n'a cessé de caracoler dans l'incroyable.

11 octobre 1993

Pour la première fois, je m'attelle à regarder l'invisible, à méditer cette journée. En détaillant cliniquement l'inconcevable. Il s'agit de recenser l'horreur. Et de m'attarder sur les vétilles de cet Hiroshima intime. Éclairer l'angle mort d'une vie est effroyable. Je vais essayer de passer à l'eau fraîche le pire.

Cette date Trafalgar, mon cerveau est incapable de la retenir, de s'y agripper. Alors je vais la marteler dans ce livre, m'y cramponner, jusqu'à ce que la mémoire de mon cœur se remette à fonctionner. Depuis trente années, j'ai fait en sorte que ce jour soit banalisé et flouté, fondu dans l'indistinct du quotidien. Pas un 11 octobre je n'ai pensé à mon frère.

Désensabler une date, lui redonner une estrade, c'est se ranimer. Ce n'est pas déployer un effort de mémoire, mais dégarrotter ses émotions, rejoindre un autre moi-même plus sensible que j'avais éteint pour ne pas souffrir. C'est raviver tant de souvenirs oubliés.

L'horrible rire

1974. J'ai neuf ans, Emmanuel a déjà dérouillé treize années d'humiliations, à se tortiller sous les sarcasmes maternels. Nous sommes ce jour-là chez sa mère à Gambais. Une enclave de calme bucolique aux abords de Paris. Le déjeuner est servi. Je reste sur le qui-vive, comme toujours dans cette demeure où la vacherie rôde. Ma demi-sœur Nathalie s'en échappe dès qu'elle le peut. Il y a là leur beau-père irascible et archi-mutique (comment est-il devenu aussi ennuyeux ?) et sa mère, une vieille dame chic, exagérément Carabosse (son fils et elle je les appelle, Dieu sait pourquoi, « les Méduses »). Emmanuel et moi dévorons carnassièrement un poulet rôti quand le rire aigre de sa maman fend l'air. Narquoise, le doigt acerbe, elle désigne le nez de mon frère orné d'une légère bosse, sur un ton mi-drôle mi-odieux, terriblement aristocratique :

– Oh mais comme il est laid cet enfant ! Vous ne

trouvez pas qu'Emmanuel est laid avec ce pif beaucoup trop long ? On dirait une trompe d'éléphant, n'est-ce pas ? Dumbo, on dirait Dumbo !

Nouvel éclat de rire, perché, nerveux :

– Une trompe à la place d'immenses oreilles ! Il est très laid, n'est-ce pas ?

Le mari ramollo au physique de sportif regarde ailleurs. Il renifle d'autres pensées, évite sa femme chacal. Sa vieille mère aussi, concentrée sur son assiette. Elle a un profil de redoutable dame d'œuvre. L'ondoyeuse mémère ne trouve rien à y redire. Les Méduses ne défendent pas mon frère. Aucun adulte ne le défendra jamais.

Éclaboussé par son mépris sardonique, Emmanuel tente d'alléger l'atmosphère et de garder bonne mine :

– Mais oui je suis si laid avec ma trompe immense… Si laid, si affreux le Dumbo ! Quasimodo !

Il y va si fort dans l'automoquerie que nous finissons tous par éclater de rire. Mais je sens que mon frère ricane pour ne pas pleurer. Sa plaisanterie affectueuse, jamais bas de plafond, sera toujours le condiment de son caractère. Sa manière à lui de survivre. En lui l'autodérision et l'intelligence ont fait leur jonction. Rien ne pousse Emmanuel à la haine. Rien. Ça frise l'autopunition. Jamais je n'ai encore assisté à pareille scène de torture en famille. Je découvre qu'une mère peut accabler ouvertement son enfant sous le prétexte de l'humour. L'une des pires ruses puisqu'il est presque impossible d'y répondre frontalement. Roi de l'esquive, mon frère s'enroule avec le sourire autour du boa qui tente de l'étrangler. Faire rire, c'est faire oublier.

– Mais comme il est laid ! s'exclame à nouveau sa génitrice qui s'acharne, comme si le tarbouif de son fils – délicieux au demeurant – était bien cocasse.

Je n'ose écrire le mot « maman », pas envie de le souiller parce que c'est aussi un tendre mot. La sienne est si acerbe qu'elle s'arrête au bord de la beauté. Ses jolis traits pourraient lui en conférer, mais non, sa vilenie d'âme lui saccage tant le teint qu'elle semble de fâcheuse apparence. Il y a quelque chose de si calculé en cet être que l'éclat lui est refusé.

Je n'ai encore jamais vu pareille attaque de son propre enfant en public, un mesclun de saloperies, timbre haut perché. Ces capriceries de crotale, on ne sait pas pourquoi ça la prend parfois. Son humour est la fiente de l'esprit qui vole. Fixé je suis désormais : son rire est venin distillé, dynamitage de la confiance d'Emmanuel, démolition jouissive de son moi si sensible, assouvissement peut-être d'un ressentiment illimité contre notre père qui lui a échappé – Emmanuel lui ressemble tant –, vacherie sans appel.

Impensable.

Cette femme prédatrice appartient à cette portion contentée de la nation qu'on pourrait appeler la bourgeoisie culminante, teintée d'aristocratisme insolent, celle qui dans les années trente aima que le grand aigle nazi étende ses ailes stylées sur l'Europe. Petite-fille du fondateur d'une maison d'édition célèbre de la rive gauche qui publia les liguards et moult fachos rustres, sereine socialement, elle en a l'horrible assurance, la mécanique du mépris hautain, le goût de la dauberie blessante profilée en mot d'esprit. Son humour est une fraude. Elle n'y a recours que pour déchiqueter son fiston, l'émietter. En public si possible, afin que l'humiliation soit fastueuse. Difficile de remettre à sa place un bel esprit qui fait assaut de bonne humeur empoisonnée. À neuf ans, je ne sais pas faire.

Emmanuel s'y prête de bonne guerre, car être ridiculisé, c'est être constaté. Et il en a besoin le gentil bougre, avec son cœur sensible, assoiffé de tendresse maternelle. Il est herbivore, elle est carnivore, tendance crétacé.

La dépeceuse lui assène soudain :

– Avec les femmes, il faudra que tu te tiennes toujours de face, jamais de profil, mon coco…

Il flageole, mais d'une petite drôlerie l'autre fait

revenir l'apaisement. Au dessert, le monstre s'est calmé.

En sortant de table, j'explose auprès d'Emmanuel, lui balance ce que je pense de ce déjeuner traquenard et de sa tortionnaire, le seul squale que j'aie aperçu de mes jeunes yeux. Et vu opérer sans gêne, le sourire accroché aux lèvres. Il soupire, courbe l'échine et me fait rigoler. Sa légèreté l'emporte.

Comment vivre avec pareil départ ?

Même s'il a reçu de fortes doses d'amour d'une divine Zouzou, mi-nounou des enfants Jardin, mi-secrétaire-maîtresse de notre grand-père Jean Jardin (elle se farcit également son fils, mon oncle Simon, si aimable). La noble Zouzou avait la bonté native des cœurs simples et profonds. Elle lui a offert son cœur, sans jamais dauber sa mère.

À force de se faire agrafer à domicile, pour ne pas dire lapider, Emmanuel a conçu des qualités de survie, des réflexes d'évasion et comme une difficulté persistante à s'acclimater au monde réel. D'où un amour tenace pour les déconneries à chaparder à la volée, tant que la vie est là. De ce fait, Emmanuel pense moins qu'il ne rêve. Sa mélancolie est une échappée. Sa tristesse, une étrange somme d'éclats de rire. Son irréalisme opiniâtre, une licence poétique. Son style littéraire reste une poétique qui occupe tous les recoins de ses phrases. Pas le genre à enflammer tout le cirque de la critique, faut des relations pour ça. Non, juste de quoi mettre en érection l'esthétique d'une escouade de fous de vers.

Sa mère soupçonneuse a saccagé toute structure en lui quand la mienne a solidifié mon meccano intérieur. Toute décision durable semble pour mon frère un fardeau. Ses années sont devenues une longue insomnie peuplée de rêves inquiétants. Du patrimoine de notre nom, j'ai pu maçonner un édifice non par talent, mais parce que ma mère m'a architecturé à coups de trique. La sienne a retiré tous les étais, sapé soigneusement son âme. Et si vous évoquez devant elle le cas flageolant de son fiston en suggérant autre chose que le petit roman qu'elle s'est mitonné pour supporter sa hargne, elle quitte la pièce. Crêtée de certitudes, elle ne peut pas entendre autre chose que sa version retouchée.

Ce jour-là, à table, je suis horrifié et incapable de contrer son soi-disant humour. Elle me fait trop peur. D'ailleurs personne ne l'affronte, la râpeuse. Et j'ai tellement honte de posséder ce capital exorbitant, l'admiration de ma propre mère, tellement honte de ma chance profuse. Nous sommes inégaux et cela m'est insupportable.

Zouzou n'a pas pu tout réparer.

11 octobre 1993

Le 11 octobre 1993 au petit matin, Emmanuel quitte mon appartement parisien du 105, avenue de Saint-Ouen, où il séjourne depuis sa récente tentative de suicide. Les esquintements de ses récentes angoisses lui ont fait le visage étrange. Le voilà bigrement tendu, et l'œil violent. Emmanuel ne se poile plus. Comme s'il avait une hargne contre l'univers.

Emmanuel se rend directement chez sa mère à Gambais, dans les Yvelines. En moto bolide ? voiture féline ? La maison s'appelle « Le bout du chemin » – ça ne s'invente pas. Il cherche aussitôt dans la baraque la carabine entretenue de son beau-père, la dégote, y loge une cartouche. N'est-ce pas succulent de trouver l'arme de celui qui l'a toujours négligé ? ce muet distrait qui de son cœur ne lui a rien offert ? Puis il se rend au bout du jardin et, dans l'axe même des fenêtres de la chambre de sa mère, le voilà qui cale le canon froid dans sa bouche. Tout au fond, sur la glotte.

Mais que fout-il dans ce rôle terrifiant, mon Emmanuel tendre ? Si drôle, si profilé pour la légèreté.

Comme il est aimable pourtant de choisir un gazon, pour ne pas répandre son cerveau explosé sur le parquet maternel. Salissant tout ça. Le marrant, c'est de rendre la violence reçue avec délicatesse.

À cet instant, embourbé dans son angoisse, il réduit au minimum sa part de comédie. Plus de frime. Emmanuel ne joue plus. Y croit-il lui-même à ce moment ? S'est-il dit que cet acte n'existait pas, même s'il le commettait ? Pour détruire le « réel » qui lui est si douloureux, il n'a pas trouvé mieux que de fuir son corps.

Ou a-t-il eu peur que sa violence se tourne vers les autres ? A-t-il souhaité nous protéger d'une ignominie naissante et sauvage, irrépressible ? Emmanuel a tant de cœur. Est-il devenu fou, comme on dit ? Pas simple de démêler ce mikado de questions.

Il est là, à Gambais, solennel moment. Au bord du grand vide il est, la vache, si brutal. Prêt à figer non le présent mais son passé tout entier, parce que la mort empaille les années écoulées, les glace, en fait du marbre alors qu'elles étaient encore liquides et flux quelques minutes auparavant. Fait-il ses adieux ? Mais à qui une âme perdue dit-elle au revoir ?

La détonation a-t-elle foutu son visage en hachis et en bouts d'os ? Son crâne a-t-il explosé par-derrière, faisant un cratère de confiture humaine ? La chaleur subite du coup lui a-t-elle fait grésiller la rétine, exploser le regard ? Mais comment cette scène effroyable est-elle possible ?

On ne peut pas mettre un terme à soi, se hacher menu.

Cet aimant de mort, je ne le connais pas. Je l'ai effleuré à quinze ans en m'enfonçant dans les rouleaux nocturnes, un peu phosphorescents, de la froide mer d'Irlande avec l'envie d'en finir, de rejoindre moi aussi notre père. Mais en vérité je me suis laissé récupérer par un petit gars de la banlieue de Dublin au visage pommelé de taches de rousseur. J'ai été d'accord avec la vie. Alors que lui, Emmanuel, il était d'accord avec la mort.

Les mauvaises portes

Un jour d'automne 1988, la vie me gâte. Vingt-trois ans, puceau de tout, on me sacre. On me refile, comme ça, le prix Femina, un prix chic qui vous estampille écrivain parisien. De quoi me faire estimer un chouïa par les moqueurs. J'ai coiffé au poteau des installés du Landerneau, me dit-on, des respectés blanchis sous le harnois de la vie littéraire. Toute cette chance accumulée tout à coup, ça me régale d'autant plus que je suis, en vrai, imperméable à ces vanités. Le jeu social, je m'en gratte, mais pour les hésitants je ne suis plus tout à coup le gringalet qui guigne le titre ronflant d'écrivain. Quasi sorbonné vous semblez, presque en chemin vers le vélin de la Pléiade pour ainsi dire ; du moins l'idée ronflante vous effleure dans un jour pareil. Il paraît que ça rapporte le vélin chic, que c'est d'un bon rapport. Mes pitreries stylistiques ont plu, voilà tout.

Chez Gallimard, on célèbre les honneurs qui me

sont officiellement décernés, à moi l'usurpateur, par un beau cocktail qui dégouline sa joie jusque dans les jardins des éditions chics. Grappes de gens de lettres poudrés de talent, ça afflue, ça cancane soudé aux coupes, en enfilant des phrases joliment troussées. On dit alors « rue Sébastien-Bottin » pour signifier qu'on en est. Dans cette foire où l'on s'affriole d'un bon mot, les miens n'y sont pas. Je les ai bien prévenus mais là, c'est mon fief de gloriole, ma basse-cour d'orgueil provisoire. Et je fraie parmi les suceuses de la critique, cette artillerie qui vous passe aux banderilles, les achetés par les éditeurs pour voter comme il faut au juteux Goncourt, les recenseurs roués de pataquès littéraires, les arrogants de saison avachis dans les petits-fours, les nés pour le grand roman. Du sérieux, quoi. Meute surcultivée, gratin de cloaque. Ça a connu Aragon, reniflé Cocteau, sodomisé des gloires. On me bombarde de compliments, à m'en écœurer car je me sais jeunot, plume pas déjà éclose. Encore au bord d'une profession. Alexandre par-ci, Alexandre par-là. Déjà je porterais un prénom à toujours se souvenir. Et patati, j'aurais le talent profus, la drôlerie brodée dans le style et l'imagination espiègle.

Et là, syncope : j'aperçois Emmanuel sous les lambris. Crevard et charmant, le cœur en lambeaux. Il est bien là mon frère, le sourire corniaud, blessé par mon sacre d'arrondissement. Lui sait qu'il est poète, alors que moi je ne suis que du stuc. Dans notre périmètre de vanités, il fait tache, qu'un prénom, alors que le mien rutile déjà.

On s'embrasse.

– Je suis fier pour toi, qu'il me dit. Heureux et fier de toi, mon frère.

J'en crève sur place, je l'avoue. Pas que de honte. Un vil désespoir s'abat sur moi. Je ressens une tornade de baignes. C'est insupportable que le sort souligne l'injustice de nos chemins si peu parallèles. Moi j'ai eu une mère pas simple, très sauvage à sa manière, mais amoureuse de mon destin, fan de mes mines. Lui a dû se contenter d'une pilonneuse rétive à la moindre tendresse gratuite. J'ai eu des bribes de notre père, parfois, pas des masses mais des petits bouts chapardés les week-ends. Lui, que dalle. Ration sèche. Personne ne l'a investi. Il croit que sa présence sur le globe est une bourde. Pas un projet ni même un rêve fugace. Une simple bizarrerie du sort. Qui le veut ici-bas ? Sauf pour encaisser les flèches de sa mère. L'amour de ses parents ? Une défaite qui n'a inspiré aucun livre magistral, aucun film de haute classe. Perdu dans l'oubli, déjà. Moi, je secoue une bibliothèque et tombent les pages qui racontent leurs sentiments. C'est naître mon erreur opiniâtre, a-t-il dû se répéter, Emmanuel, tant de sales matins, lui le cœur aimant.

Lui qui demandait pardon d'encombrer la vie des autres.

Et tout à coup, moi le trop chanceux, je rafle en plus une couronne littéraire officielle ; tout ce qu'il aimerait, et le sauverait d'être si mal né. Il me serre dans ses bras. Inapte à la jalousie, étranger aux pires fumiers du siècle. Sans une once de non-noblesse, il est venu me serrer contre son cœur d'or, et moi pas un instant je n'ai songé à lui et à son désir d'écriture quand on m'a décerné le hochet. Trop ivre de mon nombril, repu de satisfaction salope, bien égotique.

– Tu mérites ce prix, me murmure-t-il.

– Non.

– Si…

Je meurs. Il m'est brusquement insupportable qu'il doive se contenter du fumet de ma notoriété qui se dessine soudain. Car je ne l'ai vu prendre jusqu'ici que « les mauvaises portes ». Mais connaît-on jamais les bonnes pour se bricoler un talent efficace ? Lui n'a jamais joué la grand-guignolerie sociale, mais a-t-il eu tort ?

Scolairement sous-équipé, incapable de buriner autre chose que des poèmes, seulement doué pour rissoler à l'ombre des grands mots de Saint-Exupéry, il passe en traînard le bac grâce à ma mère qui l'a pris en main et fait séquestrer dans une boîte à bac réservée aux rupins. À l'époque, on croit ce diplôme vital, c'est pas croyable comme on le croit. Alors, Emmanuel tortille suffisamment du stylo pour obtenir le papelard officiel et qu'on lui fiche toutes les paix. Mais il chichite avec malheur devant ses profs. Il n'y croit pas à l'éducation calibrée. L'absurde de l'Histoire ne lui va pas, pas plus que les gangsters du nazisme ou les sadiques Wisigoths. La perversité des atomes, ça le barbe. Le traviole de la grammaire, un traquenard. L'apothicairerie de la chimie le rase. L'avalanche des théorèmes, ça le chiffonne.

La boustife nécessaire, les loyers, la joie de payer des impôts, il s'en contrefiche. Il n'a pas la vocation du réel. Le trognon des choses, ça l'ennuie. Il n'aime que le drapé, le mirifique de ses songes.

Le cinéma ? Il ne désire que ça, mais refuse l'assistanat avec superbe – trop dégradant de porter des sandwichs à des acteurs niais ou de barrer des routes. Toujours à envisager d'immenses films, poèmes hérissés de héros – Guillaumet dans les Andes, Saint-Ex dans le décor, suspendu aux nuages – avec des metteurs en scène indécrochables. Des productions blasonnées par des studios inaccessibles. Voilà ses projets, tous très beaux. Trop ? Alors, les choses ne se font pas. Ça devient des chansons, des fantômes de films jamais financés, remplis de plans jamais tournés, de musiques jamais enregistrées.

Parfois, il tourne quelques scènes, trifouille un court-métrage où le temps passe tristement sur des valses fanées. Mais vend-on de telles images ?

Côté littérature, Emmanuel s'obstine à cracher des poèmes à gogo, promesse presque épanouie d'un incontestable talent. D'instinct, il sait que la pure poésie, c'est l'intime dans tout, l'extrême de ce qu'une langue peut dire dans sa commotion, dans son insurrection contre le plat réel. Mais qui publiera ses galipettes stylistiques, ses bouffées d'amour dans l'étuve de ses chagrins, toutes ces antiquaireries verbales qui me fascinent ? Même si le velours de son verbe me stupéfie à chaque découverte d'une page griffonnée, une page ailée. Alors ça ne sort pas en librairie, ça reste des bouts de papier enchanteurs, du bric et broc littéraire, pas une œuvre reliée. Du rata de poèmes jetés avec un maximum de frénésie. Quelle batterie rhétorique pourtant !

Il y a de la manie dans ses ratages successifs, dans ses fraudes permanentes. Tricher avec la réalité devient son mode de vie. Alors il se décolle peu à peu de lui-même, s'absente de sa peau.

11 octobre 1993

Ce jour fumier, pas pensable, je l'ai escamoté afin de garder confiance en la vie elle-même. Parce que Emmanuel, ce jour-là, trahit la pâle assurance que j'ai regagnée, vaille que vaille, depuis la mise en terre de notre père treize ans plus tôt.

Si rien n'est fiable, si on peut tout bousiller avec une cartouche, qu'est donc le voyage de la vie ? À force d'efforts, je me suis redonné un peu de tonus et là, pan, il sabote tout le traître. En loucedé.

Le rassemblement de ces souvenirs, blottis sous ma plume, m'ébouillante un peu le cœur. L'émotion me secoue les détails et fore dans ma mémoire des tunnels inattendus donnant sur d'étranges épisodes que j'avais effacés. Comme ce matin d'hiver à Gambais, quand je l'aperçois de loin revenant à moto de la boulangerie avec du pain frais et des croissants. Il porte une chemise claire, poudrée de chic. Une jolie personne un peu ribaude se prélasse encore dans ses draps, une silhouette convaincante. Mathilde a de l'effronterie. Elle met ses seins sur les plages, l'amour dans des rondes et le péché aux oubliettes. Il faut dire qu'Emmanuel en a dévoré de la fesse, et de la délicate, en croquant à loisir des succulentes. Son physique critiqué par sa mère redoutable n'a jamais été un frein. Mais façon romantique et parfumée. On est à Gambais donc. La crochue et son muet de mari ne sont pas là. Loin des scélérats, on respire. Tandis qu'on prépare un petit déjeuner dans la cuisine ouverte sur le jardin, il me balance :

– Elle te plaît ma Mathilde ?

– Elle est jolie.

– Tu lui plais drôlement.

– Ah bon ?

– Elle me l'a dit. Tu as envie de la prendre, là, tout de suite, en montant à ma place ? Pour la corriger. Comme papa faisait avec Maria Mouton. Ça me fera plaisir.

– Qu'est-ce que tu racontes ?

– Je te dis que tu lui plais. Elle n'est pas contre.

– Ce n'est pas drôle.

– Je ne plaisante pas. On la partage ? Allez, monte.

– T'es fou.

– Prends-la, ma Mathilde. Soumets-la. Fais-lui son cinéma.

Impensable proposition. Terrifiante.

Quel âge a-t-on exactement ce matin-là ? Mes songes sont alors à mille lieues de ces trafics sensuels, de ces jeux de l'esprit. Mon cœur séjourne déjà plus du côté de celui de la princesse de Clèves que chez Valmont l'escarpé. Je veux patauger dans le sentiment vaste. Et trouver un jour le cœur ailé qui me guérira des autres. Déjà ça me tracasse ces rêves parfaits.

Qu'a voulu exactement Emmanuel ce matin-là, possédé par sa libre vision du monde ? M'attirer plus souvent à Gambais ? sur ses terres d'humiliation ? M'inviter dans les confusions paternelles dont nous avons tellement souffert ? Me décorer Jardin, fils de notre père, affilié aux grands dérapages ?

J'ai décampé avant que la jolie Mathilde descende pour le petit déjeuner, avec sa libéralité et ses goûts. Trop semblable aux désordres de notre famille inquiétante. Trouillomètre à zéro, j'ai filé à la gare par des chemins de traverse tandis qu'Emmanuel me cherchait en sillonnant à moto les allées proprettes de Gambais. Je me suis planqué. Pendant des mois, je l'ai évité.

Je refusais ce rendez-vous avec notre père. Pas de cette manière-là.

Maudite femelle du bout du monde

Dès l'instant où, l'âge tournant, Emmanuel se met à exprimer un goût vif pour les femmes, il collectionne les magazines de photographes où s'étalent des plastiques peu vêtues. Est-il discret ? Non, les piles s'affichent dans ses différentes chambres, en France et en Suisse. Le sans-gêne de mon frère m'estomaque.

Mais, plus dérangeant encore, Emmanuel exhibe dans sa chambre un cliché seins nus de la compagne de notre père, intensément sensuelle. Lorsque je m'étonne de cet affichage, il n'hésite pas à commenter l'érotisme corsé qu'elle dégage. Impensables propos. Je reste pantois à l'idée de regarder cette femme avec des yeux de jeune mâle. Lui, ça lui échauffe le cœur et la queue aussi. Et il le clame, sans cette gêne minimale qui m'aurait rassuré. Pas de couvercle, je vous dis. S'agglomèrent dans sa jeune libido, très assumée, tous les appétits de notre famille, dans un syncrétisme érotique qui me fout le malaise.

Il faut dire que la confusion est une haute spécialité familiale. Zouzou, la maîtresse affichée de notre grand-père, après s'être donnée à Jean Jardin, sera la compagne de l'un de ses fils, mon oncle Simon, qui, toutes les nuits, a laissé la porte de sa chambre ouverte, chambre voisine de celle de sa propre mère. Et l'ex-maîtresse vivra sous le même toit que l'épouse légitime, dans une singulière harmonie, pendant des décennies. Sans compter que mon père a été après guerre l'amant obstiné et cravacheur de l'épouse d'un amant de ma grand-mère, à qui papa chuchotait au téléphone : « Fais-moi ce soir ce que maman faisait à ton mari, la cravache »… Océan de micmacs érotiques où l'inconscient des nôtres s'abîme.

Quand le cœur d'Emmanuel rencontre à Athènes celui, très palpitant, de la Sud-Africaine qui deviendra sa femme, le lien est furtif, mais il rentre à Paris avec la très ferme intention de l'épouser séance tenante. Tout de suite, je vous dis. Sa décision me déroute, me fascine et me panique. D'autant que la dame allume à peu près tout le monde chez les Jardin avec sa très blonde chevelure. À commencer par moi sur les rives couleur truite du lac Léman, dans les vents de notre hors-bord helvétique qui gémit à 5 000 tours, ce qui m'est odieux. Les séductions latérales intrafamiliales me fichent très mal à l'aise. Mes préventions sembleront à Emmanuel indignes de notre famille.

La noce est prévue. Ma mère propose d'organiser le déjeuner de mariage à Paris, chez nous rue Mesnil. Mi-heureux mi-inquiet, je participe aux préparatifs et reçois le matin même de la noce, tôt, un coup de téléphone d'Emmanuel qui d'une voix frêle et guillerette m'annonce :

– Alexandre, je ne me marie plus.

– Pardon ?

– Je ne me marie plus.

Comment peut-il caler des épousailles pour l'éternité, puis tourner bride avant même le début du bal ?

– Que fait-on du déjeuner ? Il y a vingt plats qu'on a mitonnés..., une armée de desserts, deux cents bouteilles, du champ...

– Tu ne changes rien ! me déclare Emmanuel avec joie. Le déjeuner devient un repas de fiançailles. Je me fiance !

– Tu la quittes ou tu te fiances ?

– Je l'aime, je me fiance.

Ça ne lui gerce pas la glotte de dire des choses pareilles, de godiller avec frivolité dans les choses graves. Tout Emmanuel est là, dans cet alliage du lourd et du léger.

À midi rappliquent les ex-futurs époux, nouveaux

fiancés, elle bien roulée dans sa robe de mariée. Ils sont tout frémissements, toute passion. Les invités restent pantois, désorientés. Emmanuel et elle sont furieusement gais, se goûtent, s'enlacent. L'atmosphère rue Mesnil est si irréelle que personne ne sait au juste comment réagir au changement de programme inopiné.

Le lendemain, nouveau coup de fil :

– C'était si beau, si frais, cette fête de l'amour. Dans trois semaines, on remet ça : je l'épouse !

Quelques semaines plus tard, Emmanuel entre en grande pompe dans l'église d'Auteuil à Paris, en habit de marié et équipé de baskets blanches montantes, affectant un pas élastique à la manière d'un personnage de cartoon métissé d'humanité dansante. Son sourire est une joie enfantine. Sa fraîchement fiancée illumine l'assistance de sa blondeur qui dévale sur ses épaules sous un voile immaculé. Tout le monde applaudit fort, l'église regorge d'étonnement.

Un an plus tard, il m'appelle un matin :

– Elle est partie… Viens, je suis mal. Il y a des injures partout.

Je rapplique dare-dare avenue Coty et le trouve en larmes dans un appartement blanc dont son épouse précaire a tagué en rouge sur les murs un lot d'insultes en anglais. Spectaculaire rage contre mon frérot qu'elle ne peut visiblement plus renifler. Emmanuel pleure rebelote, si touchant, si amoureux d'elle et de leur histoire. Il a été si sérieusement engagé dans leur aventure. Je le serre dans mes bras. Saisi de nausées, il vomit soudain par la fenêtre. Emmanuel a le cœur aussi barbouillé que l'estomac.

Nous décidons aussitôt d'acheter d'énormes pots de peinture blanche et repeignons illico les tags écarlates. On rit comme des fous en maniant le rouleau. Boucan de joie fraternelle. Son humour me plonge dans une hilarité à la hauteur du séisme. Il me récite des pages du *Petit Prince*, son texte fétiche qui m'a toujours angoissé, comme si je flairais la morbidité d'Emmanuel dans ces fausses naïvetés.

Quelques heures plus tard, les murs de son appartement retrouvent la blancheur de son mariage à peine réel.

11 octobre 1993

Depuis son suicide, une image me hante. Celle de l'affiche qu'Emmanuel conservait dans sa chambre, un film prémonitoire, *Le ciel peut attendre*. La délicieuse version tournée par et avec Warren Beatty. L'histoire fantaisiste d'un joueur de football américain, Joe Pendleton, décédé par erreur. Son ange gardien a commis une sacrée bourde. En voulant lui épargner des souffrances dans un accident de la route au creux d'un tunnel, il l'embarque trop tôt. Arrivé au ciel, Joe est prié de regagner son corps, mais son enveloppe vient d'être incinérée. Depuis, je ne cesse de faire le lien entre ce défunt récalcitrant, et étourdissant de charme, et mon frère Emmanuel perdu sans corps parmi les hommes. Romantique à gogo, mon frère existe mais est en quête désespérée d'un corps disponible sur le point de caner.

Emmanuel possède l'humour et la poésie de ce

héros américain des seventies, la grâce irrésistible d'un cœur qui effleure l'existence sans être tout à fait là. La mort leur va si bien à tous les deux. Le film manque un peu d'épaisseur, mais Emmanuel y trouve sans doute la légèreté qui le protège des gravités du réel. Pourquoi préférer la lourdeur ? Ne va-t-on pas au cinéma pour, l'espace d'une heure trente, se soulager d'être né ?

En larmes, je viens de réécouter l'air juvénile d'Henry Mancini que Warren Beatty joue tout au long du film au saxo, allègre comme mon suicidé, romantique comme mon mort, énergique comme mon dépressif charmant, romanesque à la Emmanuel. Les notes n'en finissent pas de s'élever jusqu'au paradis. Soudain mon grand frère suicidé est là, dans la beauté étourdissante de ses vingt-cinq ans. Habité de spiritualité angélique.

Tout le film de Warren Beatty prélude ce 11 octobre 1993.

Emmanuel a-t-il écouté la musique de cette comédie en se rendant à sa mise à mort ? Parfois, il me semble que ce n'est pas lui qui s'est exécuté ce jour-là, mais Beatty. D'ailleurs, Emmanuel portait la même tenue que Joe Pendleton : un survêtement gris que je lui avais acheté pour sa sortie de l'hôpital psychiatrique, après sa précédente tentative de suicide.

Ce jour-là, pas d'agonie pour Emmanuel. Il se catapulte d'un coup dans les nuages, chez Warren Beatty.

Oh mon Dieu, comment est-ce possible, cette comédie funèbre qui emporte mon frère si beau ?

La scène impensable

Oublier des bouts de vie, avec mon grand frère j'en ai eu l'entraînement. Mais depuis que j'ai commencé l'écriture de ce texte, ils reviennent comme une déferlante. En 1972, nous sommes envoyés à la sieste au deuxième étage de La Mandragore, la demeure familiale des Jardin qui s'élève dans les gris opalins du canton de Vaud face au lac Léman.

En contrebas, j'aperçois notre grand-père appuyé sur une balustrade d'albâtre. Sérieux, il parle avec un vieil homme qui, m'a-t-on dit, a été puissant en France.

Dans le lit froissé, je crois qu'il y a quelqu'un d'autre mais je n'en suis pas sûr. Ma mémoire a tant gommé ce souvenir ténébreux, asphyxiant de malaise, qu'il ne m'apparaît plus que par bribes. Nous sommes dans une étrange clarté sous les draps. Emmanuel est moite. Dix ans. Il me fait faire des gestes qui m'effraient, dans une demi-douceur, demiabus, avec cette tendresse glissante qui me donne envie de vomir. De ne plus respirer.

Il est aussi dingue que les adultes qui nous cernent, aussi peu freiné, autant traversé de confusions et en quête d'amour désespérée. Et moi je suis là, plus jeune, plus faible, si facile à dominer. Tout me révulse, tout est indicible, poisseux malgré la douceur, impensable.

Les enfants du désordre ont d'effrayantes embardées. Personne n'est là pour leur expliquer que la liberté peut aussi être un péril, une offense, un inadmissible. J'en ressors effrayé, muet, disposé à l'oubli.

Cette scène a longtemps été mon trou noir.

C'est Emmanuel qui m'a entraîné à créer du vide en moi, de la cavité mémorielle, de l'aveuglement.

Aujourd'hui il m'apprend à vivre de la complexité. Notre lien n'a pas de nom simple. Emmanuel est à la fois celui qui a abusé de moi et qui s'est montré d'une générosité et d'un tact inouïs, celui qui pue la mort et dont le rire est à jamais parfumé de bonté. Je le hais un peu, mais l'aime tellement. Avec lui, j'ai appris qu'il n'est pas nécessaire de comprendre l'autre pour l'aimer.

11 octobre 1993

Dix jours avant le 11 octobre 1993, je reçois un coup de fil de l'hôpital psychiatrique Sainte-Anne en début de matinée :

– Allô ? Pouvez-vous venir récupérer votre frère Emmanuel ? Il vient de refaire une tentative de suicide et nous a donné votre numéro. Mais il va bien, ne vous inquiétez pas.

– Emmanuel ?

– Oui, à Sainte-Anne.

Je reste coi, tout vertige. « Sainte-Anne », ce nom est pour moi synonyme de haute démence irréversible. « Re-faire une tentative » ? J'apprends incidemment qu'il a avalé il y a peu des barbituriques, en abondance, et qu'on lui a lessivé l'estomac. Depuis un moment, Emmanuel ne me parle plus. Je ne sais plus trop ce qu'il devient. Son année d'armée fait le reste.

Et soudain… ce gros pépin.

Bouleversé qu'il ait donné mon numéro alors qu'il me fuyait, je saute sur mon scooter et déboule dans l'étrangeté de Sainte-Anne. Là où rôdent mille souffrances qui tordent les visages, vrillent les silhouettes. Au beau milieu d'un jardin fleuri à l'excès, je le retrouve souriant au soleil en tee-shirt blanc. Il me fait tellement penser à Warren Beatty. Même puissance de charme. Même décollement du réel. Il est difficile d'être aussi peu que lui tout en étant là. Emmanuel respire l'air frais du matin qui n'a pas encore servi, un vent qui court à lui et le débarbouille de ses idées folles du matin. Comment penser ce moment ? Comment le mettre en mots solides ? Quelles épithètes lui flanquer ?

Que se trame-t-il alors en mon frère ? A-t-il les quatre pneus crevés ? Tout le chagrin du monde semble s'être agglutiné derrière son sourire. Dieu que j'ai peur pour lui. Ici, à Sainte-Anne, personne ne postule pour le bonheur. Un fou estampillé, assis juste en face de nous, vocifère son racisme belliqueux avec une crapulerie histrionesque. Question de loucher farouchement, je n'ai jamais vu pire que ce volubile. Furibard, il finit par nous faire rire. Ça me rassure, notre rire ancien et fraternel qui jaillit encore. Comme toujours, Emmanuel a le secret du fou rire. Je le sens un peu ailleurs. L'a-t-on drogué de calmants ? La sublimité de son âme est là, mais je la devine un peu lointaine. Il s'éparpille, ne respire pas très librement, me détaille son échec avec humour :

– Je me suis raté avec une telle maladresse. J'ai voulu me pendre. La canalisation qui tenait la corde a cédé. De l'eau partout, ridicule, inondation… Pff… J'ai dû éponger… Plombier alerté. Les pompiers, gentils gars, m'ont conduit ici… Pour sortir, il me faudrait des vêtements propres. Tu peux passer chez moi ?

L'incroyable aigre goût de mort flotte dans ses paroles, même s'il a encore envie de vêtements propres. Et ses mots « j'ai voulu me pendre », je les écoute sans vraiment les entendre. Leur son me parvient, pas leur portée. Troublé, je le laisse un instant et je rejoins un groupe de médecins, apparemment ravis qu'il puisse « sortir » aussi vite puisque je suis là. Poliment, j'avise un chef un peu raide, un blondinet qui pue de la gueule en excès, et mets en doute la sagesse de cette solution. Moi, l'ignorant de ces choses, je murmure :

– Il vient quand même de se pendre.

– Son état est tout à fait correct, nous l'avons examiné.

– Il vient de se pendre.

Mon insistance semble incongrue. Ces gens savent tout sur l'âme. Faut que je cède à l'argument des sachants en blouse : il va mieux, certifie le docte médecin, juste une alerte qui justifie une ordonnance compacte. S'il savait…

Aucune blouse blanche n'envisage de le garder, ne serait-ce qu'en observation. Formels, ils sont : Circulez ! On me recommande juste quelques pilules pour dégonfler le mal-être de mon frère ; ça se fera à l'abrutissement, à la maison. Sidéré, je me demande si je dois réclamer son internement administratif pour le protéger de lui-même, de ses nœuds coulants. Me reviennent en mémoire les scènes sales du film *Camille Claudel*, où l'on voit de près l'ignominie de Paul Claudel, l'écrivain sûr de lui incarnant la famille, qui fait enfermer abusivement la sculptrice de génie embarrassante. Saisi de honte à l'idée de m'inscrire dans cet infâme lignage, moi le frère chanceux face au frère bringuebalant, mité de chagrin, je commets alors une erreur majeure, indélébile, effroyable : je décide de ne rien décider. J'ai la lâcheté ondoyante de me dire « après tout, il a une mère responsable », alors qu'au fond de moi je sais à quel point elle est irresponsable et dangereuse pour Emmanuel. Minable en effet, à vingt-huit ans, un âge solide déjà, je me dérobe à ma responsabilité de frère. J'entérine la demande de sortie des blouses blanches au diagnostic vacillant, peu clair, que je sens teinté de l'idéologie « on n'enferme plus ». C'est ça la modernité pardi, le refus d'une « société capitaliste enfermante ». Des dingues.

Sensation glaciale, entre mes omoplates, qu'il n'y a plus d'adultes et que je m'insère lâchement dans ce climat. Mais ne fait-il pas beau ? N'avons-nous pas ri ensemble devant « un vrai fou » aux bobards racistes ?

Je reviens vers Emmanuel qui flageole dans sa peau diaphane, avec ses regards d'ange.

Il est si beau, si fragile, si déjà parti.

– Je vais aller t'acheter des vêtements, il y a un Monoprix pas loin. Et tu viens habiter à la maison.

Une demi-heure plus tard, Emmanuel enfile un survêtement gris qui lui donne définitivement l'air de Warren Beatty et nous partons sous les quolibets du dingue qui éructe ses délires antisémites, avec des rajoutis infâmes, en riant comme des fous.

La trop jolie femme de papa

La première fois qu'Emmanuel m'a fait peur, c'est un petit mois à peine après l'extinction de notre père, à la rentrée 1980. Il a l'air trop heureux. Il est d'un coup pimpant à faire très peur. À en avoir le rire permanent. Moi je traînasse encore ma stupeur devant la mort énorme, indigeste, de papa. Lui frétille.

L'irréfléchi vient de commettre une sacrée incartade.

Emmanuel voulait-il rejoindre follement notre père ? prendre sa place excitante ? Il s'est installé dans les draps de la dernière femme de Pascal Jardin pour décrocher le maximum du fantasme. Tuer la mort, il le fait sans mégoter. Surclasser sexuellement papa, il le fait. Prendre possession des seins sublimes de la photo qu'il affichait dans sa chambre, il le fait bordel. Tout ça d'un coup. Emmanuel se barre de notre appartement où ma mère l'avait assigné pour passer le bac et emménage chez la jeune femme de dix-sept ans son aînée, commotionnée par le départ de papa. Elle a le regard romance, la pupille preneuse, le cul fabuleux. D'emblée ils vivent de trop belles semaines, remplies de ce que l'intimité a de plus exquis.

J'en reste séché, effrayé.

Emmanuel couche avec elle, ouvertement, et reçoit le Tout-Paris dans le vaste appartement de la rue de Varenne où papa a reçu leurs amis communs, en compagnon officiel. Il a dix-huit ans, elle trente-cinq.

Cette nouvelle me panique, me fait chanceler. Comment Emmanuel ne voit-il pas le péril psychique ? Comment ne devine-t-il pas qu'en l'aimant elle lui passe le lacet qui étrangle sa vitalité ?

Sa liberté me subjugue. Elle me glace, me donne envie d'appeler au secours et me frappe par sa périlleuse audace. On n'a pas le droit de faire jouir la femme de son père. Papa éclipsé, fauché par le cancer, Emmanuel s'offre ce vertige sans la moindre crainte. Pour croûter et jouir, il ose ce que personne n'ose. À l'âge où l'on patiente dans les petits boulots et où l'on s'entortille dans la camelote des amours ébauchées, le voilà qui clame avoir trouvé l'amour de sa vie : celle que baisait Pascal quelques semaines plus tôt, l'insolente beauté qui subvient à ses besoins. Emmanuel ahurit tout le monde en lui donnant sa sève. Ce ne sont pas des conditions loyales. Il casse le marché des cœurs.

J'ai quinze ans et une vie scolaire à peu près ordonnée, après un trou d'air, un passage chez les soixante-huitards dans une école dite « parallèle ». J'entre en première. Je suis plutôt bon élève. Notre père vient de crever. Emmanuel me fait l'effet d'un Lunien.

Tout de suite, je lui parle franco :

– TIRE-TOI, c'est un piège mortel. Barre-toi de cette histoire de dingos !

– Tu n'imagines pas comme c'est bon sexuellement de faire mieux que papa. Je la fais jouir sauvagement comme jamais papa n'est parvenu à la faire crier. Elle est heureuse.

– Tu entends ce que tu dis ?

– Mieux : je le vis, Alexandre.

– Tu ne peux pas rester dans une confusion pareille.

– Pourquoi ? Il n'y a rien de meilleur.

– Ce n'est pas toi qu'elle aime.

– Tu te trompes, elle aime que j'en sois capable. Elle a horreur des trouillards, des petits jouisseurs. Elle veut un vrai Jardin. Pas un effrayé qui gargouille dans ses pétoches.

– Tous les deux, vous refusez le deuil. Ça saute aux yeux.

– Bien sûr ! Pourquoi l'accepterait-on ?

– On ne peut pas tricher. C'est du poison.

– Tu ne peux pas savoir comme c'est bon de faire jouir la femme de papa.

– Il y a un tarif à tout ça, terrifiant.

– Et alors ?

La puissance avec laquelle il assume l'intégralité de sa vie barjo et sensuelle me laisse sans voix. Le danger maximal ? Pourquoi pas ! Emmanuel refuse d'être normalisé, ça ne l'intéresse pas le moins du monde. Il ne souhaite pas bander sans risque. L'animal libre désire le maximum de tout. Ici et maintenant. Tricher à l'infini, se servir à pleine louche de cette drogue insurpassable. Et avec cette femme de dix-sept ans son aînée, il bande dur comme vingt biceps.

Puis il m'attaque :

– En vérité tu ne l'aimes pas, tu la détestes, car elle a arraché papa à ta mère. Elle seule y est arrivée. Elle est assez somptueuse pour ça.

– Emmanuel, sauve-toi.

– Pourquoi ?

– Tu t'amuses avec la mort.

Il éclate de rire.

Je le sais, il va se désagréger.

Il en jouit.

11 octobre 1993

Suis-je en train d'écrire sur le ratage d'une vie ?

Mais rater quoi ? Que rate-t-on exactement quand on a l'ambition de rater superbement sa vie ?

Une chose est certaine, quand le 11 octobre 1993 Emmanuel se place au bout du jardin de sa mère compliquée, dans l'axe de ses fenêtres, et qu'il loge ce canon au fond de sa gorge, il ne s'est pas raté. Et il ne l'a pas ratée, sa mère.

Mais moi j'ai raté l'essentiel : le protéger. J'ai rejoint la grande tourbe des indignes qui passent à côté de la souffrance des autres. Celle qu'ils cachent pour ne pas indisposer l'humanité.

Être responsable, c'est quitter son narcissisme. C'est porter l'autre quand il ne peut plus rouler sa bosse trop lourde, quand le chagrin d'être né le poisse à l'excès, lorsque plus rien ne s'articule dans sa vie. C'est s'oublier donc, accepter que la misère du proche reflue sur notre bouille, au lieu de continuer à dévider sa vie comme si de rien n'était. Tout ce que je n'ai pas fait en filant en Nouvelle-Calédonie. Je restais dans mon épure de succès, lui dans le pastel noir de ses vertiges.

Bang dans la viande d'Emmanuel, tout éparse d'un coup. Ça s'éparpille au ciel. L'arme tire et il part loin dans l'oubli se chercher une âme pas calme.

Ce jour-là, le raté, c'est moi.

Le vrai étriqué du sentiment, c'est moi, avec ma bobine satisfaite que j'affiche sur les couvertures de mes livres.

L'époque est aux excuses taillées dans l'étoffe psy, à la grande défausse de chacun qui excuse celle de tous. La vérité est qu'à l'instant où son doigt actionne la gâchette à Gambais, je deviens coupable. Je ne m'accable pas par posture, je remets simplement les choses pénibles à leur place indigne. Nous sommes responsables de ceux que nous aimons. Sa mère frappadingue, toujours à le railler ou à lui déballer des griefs, ne pouvait pas le protéger ? Et moi ? J'aurais pu agir plus. Le rafistoler mieux, autrement. Somnambule souffrant, Emmanuel était déjà tout dans la mort qui l'aspirait, j'aurais pu lui refaire la vie. Ailleurs aussi, le rambiner à l'étranger, au soleil d'autre chose, que sais-je. Et le tirer de son cloaque intérieur à coups de pompe. Je ne l'ai pas fait, même pas tenté. En vrai, je m'en suis tartiné de son mal-être. Je l'ai abandonné avec son gros paquet d'angoisses, frétillant dans ma vie privée et cabriolant dans mes sportivités littéraires jusqu'au coup de feu.

C'est mon impensable petitesse que j'ai préféré oublier pendant trente ans.

Ah, ce n'est pas gratuit d'être minable parfois…

La vérité raide est là : je suis resté cantonné dans mon incroyable égoïsme d'homme occupé par ses petites affaires, ses opportunités de joie. Ventousé à mon ego, à me palucher près des coraux. Ma misère morale est indéniable. Aujourd'hui, arrimé à un autre présent, après tant d'années d'enfermement dans mes petites certitudes sur mon frère-pas-comme-il-faut, mes très courts jugements, j'ai appris à aimer à tout va ceux que je ne comprends pas, ceux que j'insupporte. Aimer les indéchiffrables de ma famille, les incalculables qui font de leur mieux avec leur carcasse. J'ouvre les fenêtres. Fini la gangstererie nombrilesque de ma vie de starlette. Quoi qu'il arrive, je suis éthiquement responsable de qui j'aime, même des êtres claquemurés dans leur être branlant, scellés en eux-mêmes. C'est comme ça que j'accueille l'existence désormais.

Le très beau nez d'Emmanuel

Un curieux matin, une cousine m'appelle et m'assène :

– Emmanuel est mal… Il veut se faire refaire le nez.

– Ah… si ça lui fait plaisir après tout. Il est pourtant charmant son pif.

– Non, le problème n'est pas là. Il veut se faire faire *ton nez*.

– Le mien ?

– Oui.

– Mais pourquoi ?

– Il dit que s'il a ton nez à la place du sien, sa vie va tourner au miracle.

– Il rigole ?

– Non, je ne crois pas.

– C'est ridicule.

– Emmanuel est sérieux.

Son ambition, c'est de me voler mon nez – celui dont personne ne s'est jamais moqué.

Emmanuel est-il en train de se découpler de la raison ? Peut-on laisser un toubib lui farfouiller les chairs et lui détériorer la trompe, scalpel en main, pour un aussi délirant motif alors que son nez est vraiment charmant ?

J'appelle Emmanuel qui me confirme la folle rumeur : son pif doit devenir le mien. Je crois qu'il plaisante, que nenni.

– Emmanuel, ça n'a pas de sens.

– C'est vrai. Mais ça n'a pas de sens non plus de garder ma trompe. Je dois te sembler un peu cinglé avec mon histoire de trompe…

Il plaisante. Je ris un peu. On rit ensemble de son hors-jeu rationnel.

Rien n'a jamais retenu Emmanuel. Rien ni personne. Il n'est pas libre, il est la liberté. La possibilité absolue d'être son désir, d'enfreindre l'inimaginable, de galoper vers son idée.

Le voilà donc qui se fait opérer, à peine, par un médecin intelligent qui, voyant l'étrangeté de la démarche, lui rabote très légèrement sa bosse nasale. Chacun pousse un ouf de soulagement. Mais la suite vire à l'inimaginable.

Désespéré, il écrit à son médecin :

« Cher monsieur, je vous ai demandé de me *dévisager* pour mieux me retrouver et je me suis perdu… Si vous réussissez à me *revisager*, vous ferez de moi le plus renaissant et le plus reconnaissant des hommes…

PS : Je vous en supplie, faites vite. Je ne vais vraiment pas bien. »

Alors que sa physionomie a à peine changé, Emmanuel prétend qu'il ne se reconnaît plus dans les miroirs :

– Je vois quelqu'un d'autre. Je suis un autre.

– Emmanuel, arrête, tu es toi.

– Je n'ai plus de visage, Alexandre. Je suis complètement perdu.

Que d'écluses à franchir, digues contre la nausée d'être mal né, peu voulu dès l'origine. Je reste moi aussi perdu en raccrochant, titubant dans mes pensées. Ah, que mon Emmanuel se gaspille dans ses méandres indéchiffrables, dans ses amours qui le brisent. Comment diable penser ce qui se passe ? Emmanuel n'en finit pas de m'égarer.

11 octobre 1993

Plus je me représente ce dynamitage extraordinaire, pas figurable, qui va lui arracher l'aorte, plus je pense à la violence froide qui traînaille dans les allées et contre-allées de notre inconscient familial. Ultraviolence niée depuis Vichy. À Vevey, dans le bercail des Jardin qui domine les gris du lac Léman, on n'évoque jamais – je dis bien jamais – les silences de notre grand-père, directeur de cabinet de Pierre Laval lors de la saison impensable des grandes rafles. Un *détail* de l'Histoire chez nous autres. L'assassin d'État est notre chef de famille honorable. Le commensal avenant des chefs de la Gestapo en France est notre aïeul direct, le plus proche collaborateur du plus collabo des hommes d'État français nous a bien donné son nom : six lettres maculées du sang des enfants juifs qu'il a expressément demandé aux Allemands, en termes délicats, de déporter après le Vel d'Hiv. Avec l'assentiment de son patron Pierre Laval : « Nous ne voulions pas séparer les enfants des parents... »

Me revient en tête la violence très particulière de ce déjeuner en Suisse où, trois ans auparavant, j'ai parlé ouvertement à table chez les Jardin, en plein bivouac dominical, de ce que je voyais en filigrane dans notre nom :

– Êtes-vous conscients que grand-père pilotait le cabinet du premier ministre au moment de l'arrestation des juifs de France par notre police nationale ? Il a tout assumé pendant deux ans, n'a jamais démissionné. Vous en êtes conscients ou pas ?

Personne ne moufte.

Ça ne s'est jamais trop bousculé chez les Jardin pour cascader dans la lucidité. Ma taquinerie morale semble leur faire horreur. Quelqu'un fait alors observer qu'il fait très beau, que c'est un temps à faire du ski nautique, n'est-ce pas ? Et ma question poisseuse qui grésille encore dans les tympans est dégommée. Le débat familial tourne alors autour du choix crucial, fondamental : faire du monoski ou du bi. Sachant que le ski nautique n'est pas sans risques. Mon questionnement passe à la trappe, glisse sur les âmes. Emmanuel préfère à n'en pas douter le monoski. Pourquoi se priver d'une griserie pareille ? Pensez donc, le mono ! Grand-père est si crème avec ses petits-enfants – ce qui est strictement vrai –, pourquoi diable lui chercher des noises pour une Shoah périmée ? Hein ? Dircab du chef de gouvernement, était-ce seulement un job d'importance en ce temps-là, dans les profondeurs bureaucratiques de Vichy ?

Je leur ferais bien honte, mais non, je me la boucle, suffoqué par le déni général. Ça me saccage. Si je l'ouvre, tout hirsute de tempête, je m'en ferai péter la langue tellement je suis outré par cette comédie. Dans ma grande transe, je pourrais les insulter. Et les humilier de toutes les façons, tant la défausse clanique me fait honte.

Au sortir de ce repas impensable, Emmanuel m'alpague dans le jardin, devant le bassin circulaire qui trône au milieu de notre pelouse :

– Alexandre, tu n'as rien compris à grand-père, à notre clan. On n'est pas une famille de nazis, on est les Kennedy.

– De quoi tu me parles ?

– On ne peut pas être à la fois une famille qui fait rêver, et descendre d'un grand-père qui pue la déportation, ok ? Il faut choisir. On est les Kennedy. Glamour, avec des épouses incroyables. La croix gammée, on n'en a rien à foutre !

– T'es dingue. Grand-père a piloté le cabinet Laval au pire moment de l'histoire de France si on excepte la Saint-Barthélemy et la Terreur. Il était là, au cœur du pouvoir, lors de la saison des grandes rafles, en 42-43.

– Grand-père ne savait rien.

– Le bras droit du chef du gouvernement ne savait pas ce que la police faisait ?

– Grand-père ne savait pas où allaient les trains.

– Début 42, peut-être. Fin 42, c'est impossible. Les capitales du monde entier savaient à ce moment-là. Il n'a démissionné que fin 43. Il a tout assumé.

– On est les Kennedy ! hurle-t-il.

Emmanuel choisit le déni glissant, celui qui décolle du réel. Il refuse la violence, tient à nous maintenir dans une identité radieuse, rêveuse, façon papier glacé.

Deux ans plus tard, notre oncle Simon se pend en porte-jarretelles, déguisé en femme. En nous quittant, il hurle sa part sombre, niée. Scié, j'encaisse. Non, en vrai, personne n'encaisse rien. On souffre, et puis c'est tout.

Je t'aime moi non plus

Un matin de 1990, je reçois une lettre d'Emmanuel que je décachette dans le jardin du musée Rodin, parmi des statues rongées de lichen, avec un ouvre-lettre d'or damasquiné. L'objet baroque me semble digne de son écriture un peu folle. Une lettre d'amour ? Non, de disparition irrémédiable.

Il rassemble là, en quelques pages, tous ses mouvements d'humeur et de jalousie contre moi, toutes ses réflexions sur l'horreur de ses échecs artistiques, tous ses écœurements face à mes « facilités » pour avancer dans le monde. Lapidaire, Emmanuel m'explique qu'il ne veut plus me voir jamais. Ce que je suis, ma reconnaissance sociale un peu rutilante, le volume de mes publications, mes films étalés, tout ça le fait trop souffrir. Il préfère me gommer, me biffer. Ça me semble impensable. Mais il recouvre sa raideur d'une telle sensibilité, et la voile de tant d'attendrissements, qu'elle passe presque pour une délicatesse. Même pour rompre, il ne parvient pas à être complètement désagréable.

À ce moment-là, je trouve la baffe radicale. Cette rudesse absurde me fait horreur. Je crois naïvement aux vertus du dialogue et reste meurtri quand on me sectionne.

Mais pour l'oubli, Emmanuel ne se fie pas à l'alcool ou aux drogues. Il va m'annuler froidement pendant trois ans. Sa volonté lui suffit. Je ne saurai même pas ce qu'il a vécu lors de son année sous les drapeaux. J'apprendrai plus tard les douleurs de ses amours.

Je n'ai jamais reçu de lettre aussi brutale sous des airs chaleureux ni senti courir, derrière des phrases tendres, un tel sentiment de malheur. Sur le moment, je ne comprends pas que lorsqu'on manie cette dureté avec ceux que l'on aime, même enveloppée de mots sucrés, c'est que l'on s'apprête à être encore plus dur avec soi-même.

Je ne retrouverai Emmanuel que dans les jardins hors du siècle d'un hôpital psychiatrique, vaincu par lui-même.

11 octobre 1993

Le rapport médical est précis, chirurgical, j'accepte enfin de me le farcir, avec trente ans de retard.

Les agents vulnérants (la balle, mais aussi les éclats minuscules) se fraient un passage très net, paraît-il. Le cisaillement des tissus est discret. Le point d'entrée se situe dans la fosse temporale gauche. L'énergie cinétique du projectile a vite été absorbée par sa tête dure. Il n'existe pas d'orifice de sortie, alors que je m'étais imaginé une explosion totale de la boîte crânienne d'Emmanuel, un arrachage du visage à s'en faire péter les contours, plus du tout regardable. Non, rien de ça, il a conservé son beau nez. Et un visage radieux. Aucune déformation due à la dissipation de l'énergie du projectile ou au ricochet de la balle dans les parties osseuses, comme on blablate dans ce genre de compte rendu. La plaie balistique tangentielle du vertex, ouverte par le bas, présente une plaie fine du sinus sagittal supérieur, un œdème cérébral modéré avec un engagement temporal, un minuscule hématome interhémisphérique et du corps calleux, ainsi qu'un nombre restreint d'esquilles osseuses. Le trajet intracrânien est passé par les deux lobes pariétaux. Le plus frappant est que le réflexe photomoteur consensuel de mon frère a dû être conservé. Il n'y a sans doute pas eu de trouble sensitivo-moteur rédhibitoire. L'examen clinique indique que le toubib a retrouvé la balle fichée au niveau de la selle turcique. Bien sûr, les structures encéphaliques ont été temporairement comprimées dans la boîte crânienne inextensible – ce qui aurait pu provoquer un arrêt respiratoire, un coma radical –, mais pas trop. Un parage de la plaie aurait donc pu être réalisé rapidement. Soigné sans délai, on aurait sans doute pu laisser le projectile en place au milieu du cerveau d'Emmanuel. Il aurait pu vivre ainsi, en suicidé vivant. L'évolution aurait probablement été positive avec, sans doute, une absence de séquelles neurologiques. Les fonctions vitales semblaient stabilisées. Mais alors, de quoi est mort Emmanuel ? D'étouffement par avalage de sa langue épaisse. Dans sa commotion, il s'est tué deux fois, s'est obstrué lui-même la respiration. Emmanuel voulait vraiment décaniller d'ici, ça devait lui répugner au-delà du dicible d'exister encore parmi nous.

La description clinique ne m'apprend rien en fait. Du haut du pont Alexandre-III, je jette un soir le rapport médical dans la Seine noire, afin que le vent frais l'emporte. Un hasard l'a placé entre mes mains. Il me brûle tellement. Comment conserver longtemps un texte pareil ?

Pourquoi la vérité d'un homme est-elle aussi disjointe de sa biologie ? La clinique est un foutu mensonge. Mais j'aime à penser qu'Emmanuel aurait pu se survivre avec une balle dans le cerveau, en fantôme de lui-même, invulnérable à la mitraille. Et continuer à écrire des poèmes une balle en tête.

J'écris ça en vibrant près de son âme, mais en vérité je ne vis pas, comme lui, dans ce fourbi de périls. Je suis fortiche pour causer, beaucoup moins pour aligner ma vie et mes mots de feu. Je ne tournoie pas dans le risque. Emmanuel, si.

C'est fou le nombre de périples à moto ronflante qu'il a pu s'offrir tête nue à fond, ou le nombre de périls gratinaresques qu'il a courus volontairement en imitant les cascadeurs d'un film violent dénommé *Rollerball.* Une production pleine d'éraflures, qui lui a coûté quelques foulures et menues fractures. Gicler avec enthousiasme dans le péril l'exaltait. Les circonstances briseuses l'enchantaient ce n'était pas possible, comme s'il avait eu peur de s'étriquer dans la sécurité. Bourlinguer avec des assurances, ça l'écœurait. Mugir sur sa moto, sourire au vent, ça le régalait.

En somme, il a mis trente et un ans à se suicider, à perfectionner son départ, à se catapulter vers Dieu.

En me laissant tellement seul ici-bas, beaucoup plus isolé que ne l'ont su mes proches. De notre proximité magique, un peu terrifiante, rarement étalée, je n'ai plus parlé. À personne. Pourquoi ? Peut-être par peur de nos ressemblances, de notre secret et de notre matière commune inflammable, diablement explosive. Et de ce sang étrange qui coule dans nos veines.

II

Tellement moi

Le vrai impensable

L'impensable, c'est qu'on se ressemble.

Pendant trente ans de bouche cousue, j'ai tenté d'arracher de mon cœur notre fraternité impossible, au lieu d'y songer. J'ai même oublié que j'ai été comme Emmanuel parfois un risque, tout feu tout flamme. Et qu'un *nous* flamboyant a existé. Compact, réel, inexplicable. Oui, on a bien été deux lurons complices, épris d'extrême vérité, en marge des nôtres et des normalisés, demandant trop à la vie. Une gentillesse allègre de même fibre tressait nos cœurs, malgré ce presque viol silencieux entre nous, cette déchirure tue de mon enfance. Mais ça ne me tracassait pas trop cette glissade dans le sombre. Après tout, nous étions des enfants égarés parmi des adultes égarés. Un peu d'oubli apaisait mon effroi. À dire vrai, cette honte-là, même vivace, ne tuait pas ma vitalité. C'était simplement une saleté de gêne, mais comme je n'y pensais pas trop, elle m'esquintait à peine le moral.

Nous existe puissamment.

Je l'écris au présent, car c'est bien ainsi qu'il me faut conjuguer ce verbe désormais, pour formuler avec justesse notre réalité évincée. On est si gais, Emmanuel et moi, quand on ne fait rien ensemble, quand on se marre à bricoler, gamins, une tripotée de petits navires en coques de noix sur lesquels on embarque de force un prolétariat suractif de fourmis, des escouades de gendarmes rouges et noirs, du cancrelat peu amphibie. Vaisseaux agités et populeux qui, tirés par le courant, voguent sur des fleuves minutieux creusés dans les plates-bandes de sa mère charogne. Lui saccager ses rosiers augmente notre plaisir. On allume le tuyau d'arrosage pour créer un fleuve Amazone qui se faufile parmi les rosiers taillés. On est heureux, on est des enfants.

Mais l'essentiel est là : on s'échappe des hommes, du temps, de la pesanteur, de l'ennui, des idées fixes, de la cohérence triste qui ampute. On ne sait pas pourquoi, mais on s'échappe.

Et soudain, on est dramatiquement vrais l'un avec l'autre, vrais comme rarement les frères le sont.

Un soir de vérité

Je dois avoir vingt-cinq ans, lui vingt-huit. Nous dînons d'un sandwich au pied de la statue de la Liberté française, sur une île de la Seine. Je ne comprends toujours pas qu'un être aussi gonflé de talents continue à errer au bord de l'inexistence artistique.

– Emmanuel, tu es en train de rater ta vie.

– C'est exact.

– Tu es un créateur important et tu passes à côté de ton œuvre.

– C'est affreusement vrai.

– Ça me désespère. Maintenant un roman fort ou un film éclatant doit sortir. Finis un livre.

– Oh mon frère…

Il me serre dans ses bras si tendrement et me murmure ces mots fous :

– Je ne suis pas né.

– Qu'est-ce que tu veux dire ?

– Toi tu es né, pas moi. Je ne suis pas de ce monde. Je l'ai compris au Bec-Hellouin, parmi les moines.

– Tu veux devenir moine ?

– Non, je ne suis pas né. Je suis au bord de la vie, pas dedans.

Cet aveu d'insubstance me laisse sans voix, tant il me paraît dense de vie.

– Je ne te comprends pas.

– Parce que tu es né.

– Pourquoi fais-tu n'importe quoi ?

– Ma liberté me ronge et me tue.

Cette scène au pied de la Liberté en bronze, j'ai mis trente ans à ne pas l'oublier complètement. Son « je ne suis pas né » m'a semblé si vertigineux, si lourd d'impasses. Aujourd'hui j'accepte l'idée douloureuse, abominable, que tout le monde sur cette terre n'est pas né, tout le monde n'a peut-être pas la vocation d'exister complètement ici-bas. Cela requiert une qualité de présence au monde qui, parfois, en réalité, me fait également défaut. Je ne suis pas né tous les jours de ma vie. Peut-être est-ce pour cela que je ne l'ai pas entendu sur le moment.

C'est si difficile de tout entendre.

11 octobre 1993

De substance littéraire, Emmanuel ne se voit pas une seconde devenir zingueur sur un toit de Paris, médecin des hôpitaux, ingénieur du froid pour une grande surface ou inspecteur d'académie de l'Éducation nationale. La fiche de paye n'est pas notre monde, on ne flirte qu'avec l'art en vérité, seule issue possible pour qu'aboutissent nos êtres bringuebalants sans se jeter par les fenêtres. Question de famille sans doute. Ses aïeux maternels ont fondé une des maisons d'édition majeures de la capitale, ça vous donne de mauvais réflexes. Notre père a écrit plus de cent films, et autour de nous ça bourdonne de metteurs en scène, parfois de peintres éclatants, de scénaristes polydoués, de chefs décorateurs magiques, de stars hors format très inadaptées aux formulaires de la Sécurité sociale.

Alors, comment s'insérer dans autre chose que de la poésie pure ? Ce jeune homme qui « n'est pas né » ne sait pas trop faire. Une manière de déception latente lui empoigne l'âme. Jamais je ne le vois remplir un document administratif, s'aligner dans l'axe d'une loi rectiligne ou d'un dispositif public. Et quand j'entre à Sciences Po, classiquement, il me regarde avec gentillesse mais un fond de sidération. Le bac lui a semblé le maximum de la concession au monde ordinaire.

Archange, il est.

Pas salarié ni patron.

Ni mari dans les clous.

Ange de profession.

Ça vous complique le sort, forcément. Entortillé dans un poème intérieur, on est forcément carambolé par la vie, blessé par ses angles.

Quand l'armée l'a convoqué, au début il n'est même pas allé se faire réformer. Avant de se faire siffler, il les a zappés, sans perfidie ni manigance. Leurs uniformes amidonnés, ça ne le concernait pas. Les fameux « trois jours » où un gradé vous scrutait jadis, il ne les a même pas considérés. Même si les galonnés l'ont ensuite rattrapé.

Un type qui se prépare à connaître un 11 octobre 93, ça réfléchit tout autrement, ça a peu de temps à gaspiller en société, donc ça ne traîne pas dans les compromis classiques. La mort l'attendait. Alors la légalité, cette pitrerie pour lui… Toujours je l'ai vu bondir, ne plus se connaître quand on le sommait de faire la queue, ficher de vaches coups de pompe aux lambins.

– Tu crois qu'on vivra plus vieux que papa ?

– Moi, je ne dépasserai pas l'âge du Christ, me répond-il à vingt ans.

– Trente-trois ?

– Ce temps-là, ça lui a suffi. Il ne faut pas freiner.

Le 11 octobre 93, c'était avant la mort et la résurrection du Christ. Emmanuel était dans les temps. Trente et un printemps bien employés. Le rabiot de dépoésie, ça ne l'a pas tenté.

Et je m'aperçois aujourd'hui que moi aussi je vis comme lui en dératé, toujours à bout de souffle, comme si le temps allait me manquer. À cent un ans, pas sûr que je me calmerai.

L'imaginaire jardinesque

J'ai dix ans, nous sommes dans la forêt sablonneuse de Gambais, échauffés par notre imagination. On a récupéré un chien errant et râpé dans une clairière, juste devant une sablière. Excités de posséder un quadrupède aux allures de Milou, on décide de lui improviser une maison de secours. Emmanuel file chercher des pelles et une pioche, Dieu sait où, et on se met à creuser un tunnel dans la paroi tendre de la sablière. Accroché à une ficelle, le clébard jappe. Ça nous enchante de donner un toit à ce toutou sans collier. On en reste tout étonnés de creuser si facilement. Emmanuel perce, j'évacue le sable. Et au bout d'un moment, deux mètres de profondeur peut-être, Emmanuel entreprend d'élargir la cavité pour nous aménager une caverne, une maison rien qu'à nous, notre maison imaginaire de frères.

– T'as pas peur que ça s'effondre ?

– Si ça craque, Alexandre, on mourra ensemble !

– Génial.

– Ce qui est moche, c'est de mourir dans son lit.

– T'as raison.

Enthousiaste, je creuse de plus belle. Le soir, on dispose déjà d'une belle caverne dans cette forêt secrète, isolés des adultes. On y loge ensuite le Milou usé accroché à un gros caillou, avec de l'eau et nos restes de goûter. Il dévore notre chocolat. Notre fauve gardera notre domicile des bois. C'est décidé, Emmanuel ne retournera pas dans la pension effroyable où des gosses mal aimés, congédiés par leur famille, ont tenté de le bizuter. Bye bye le Moncel, ce lieu d'humiliation. Et je resterai avec lui, solidaire de sa nouvelle vie. On a un chien, rien ne peut nous arriver. On apportera le lendemain des matelas et des couvertures.

Jardin jusqu'au bout des ongles, on y a cru à cette nouvelle vie des bois, dans cette sablière. Nous ne sommes pas des Français de terre ferme, mais des Français de hauts songes. Nos romans intérieurs ont valeur de vérité. On se voit à jamais en robinsons des Yvelines, en trappeurs de Gambais, en Tom Sawyer du XXe siècle crépusculaire. À l'abri des grandes personnes.

Sur le chemin du retour, on projette notre avenir. Mon école ne me reverra jamais. Avec l'aide d'Emmanuel, j'échapperai moi aussi à la séquestration scolaire. La nuit, sous l'orage, nous détaillons encore et encore notre nouveau sort, retranchés du monde adulte qui nous effare, nous érafle, nous contusionne. Faire un usage boursouflé de notre imagination, nous arrimer à des nuages, nous paraît tout à fait sain.

Le lendemain matin, aux aurores, on retourne à deux à la caverne avec un matelas posé sur un vélo, des couvertures qui sentent le chien et munis d'un attirail ad hoc pour rompre à jamais avec les normaux. Quel bastringue ! Et là, pour un choc c'est un foutu choc : dans la nuit, notre caverne s'est effondrée sous l'effet de l'orage très mouillé. Le chien est mort enseveli. Ni Emmanuel ni moi n'avons envisagé sérieusement qu'une sablière puisse fondre à la première pluie.

Emmanuel se liquéfie en larmes.

– On a tué notre chien…

Je sanglote moi aussi. Notre Milou fatigué est bien mort et enterré.

Ni lui ni moi ne sommes équipés émotionnellement pour encaisser les conséquences de nos songes vastes. Le vent de face nous laisse dans le vide. Dans notre forteresse mentale, tout doit se passer comme dans un roman. Le réel n'a droit de cité que s'il ressemble à un film.

Pas un instant nous n'avons songé qu'on aurait pu crever étouffés par le sable à la place du chien. Dans nos histoires mirifiques, seul le meilleur advient, je vous l'ai dit. Les princes imaginatifs, ça ose tout.

11 octobre 1993

Nous avons tous les deux des mères que l'on pourrait qualifier de surviolentes par accès, saisies par des montées d'acide. Des tempêtes peuplées de vagues scélérates. On a tous les deux dérouillé. La sienne en le détruisant, la mienne en me construisant. Nous mettre en danger a été leur spécialité. Notre père a-t-il eu à ce point le goût des femmes extrêmes, emportées par elles-mêmes, récalcitrantes à la douceur ?

Emmanuel et moi n'avons guère été protégés au moment où le cœur d'un enfant se fragilise, se délite quasiment. À sept ans (sept ans !), Emmanuel est exporté dans une pension, exilé avec le rebut des familles élégantes de ce temps-là – le fameux Montcel où croupissent des enfants riches brutalisés la nuit par leurs codétenus qui cuvent leur abandon clanique. Règne chez ces rupins, me raconte-t-il, un surveillant malfrat qui arrive à prendre un petit air d'intelligence quand ses ouailles pleurent le soir. La sensibilité d'Emmanuel y est tellement mise à mal qu'il se plaint en continu de sa détention. Il serine sa peine, la chante, la peint, la flûte. Personne n'a envie de l'entendre. C'est à ne pas croire ce qu'elle était vache, sa mère. Cruelle d'inécoute. Et moqueuse avec ça, toujours à lui flanquer un coup de sarbacane avec le pire des adjectifs, à lui flanquer une épithète coupante.

Et notre père…

Un jour qu'il déjeune avec notre grande sœur Nathalie, papa lui explique qu'Emmanuel est désespéré, reclus dans cette pension qui a des nostalgies de Bastille. La vie carcérale l'accable. Mais au lieu d'agir, Pascal fond en larmes à table. D'impuissance atroce, pisseuse. Notre papa n'est pas un père. Il sait ce qu'Emmanuel endure, mais ne bouge pas un orteil. Notre père larmiche à flots au lieu d'arracher son fils aîné à son sort gris. Emmanuel l'encombre, voilà tout (comme moi d'ailleurs, mais ma mère m'assume). Où donc le caser dans sa vie nocturne improbable où la dérive le dispute à l'éthylisme parisien ? Où le loger ? Papa habite si peu sa propre vie. C'est à peine s'il dispose d'une cuisine en ordre. Aucune machine à laver. Dans son petit frigo étriqué de la rue de la Faisanderie, il n'y que des bouteilles de scotch et de Coca-Cola. Pascal Jardin sème des enfants sans être à même de les regarder, de les choyer un chouïa, comme ça à la volée. Il est tellement possédé par son monde intérieur qu'il est à lui seul une définition de l'irresponsabilité.

Des années durant, Emmanuel va étirer son abandon dans cette geôle chic pour enfants. Sa mère le violente en l'y enfermant, et quand elle consent à le prendre un peu, le week-end faut bien, c'est pour le lacérer d'ironie, rire sèchement de lui. Toute la bile qu'elle a pu y mettre.

Quant à la mienne, pourtant exemplaire dans l'art d'éduquer, à bien des égards, elle va se révéler d'une dureté extrême quand la bise soufflera. Je dis à bien des égards, car elle m'a légué une phénoménale confiance dans la vie, elle qui la craignait tant et qui cumulait les hommes pour s'en protéger. Le lendemain de la mise en terre de notre père, début août 1980, alors que je vacille, elle m'exile en Irlande. Seul. Elle m'abandonne à mon chagrin dans une famille de *milkmen* de la banlieue éloignée de Dublin dont je ne parle pas la langue.

Un soir très obscur, perclus de souffrance, je rejoins la plage non loin, franchis les dunes hautes et m'avance dans les rouleaux de la mer froide, martelés par le vent, résolu à me noyer pour rejoindre mon papa. Je sais que le passage sera bref, après quelques gorgées d'eau salée noire. Baigné par une étrange lumière, je m'enfonce dans les rouleaux phosphorescents épais et respire mes derniers instants. Je suis prêt à m'affaler dans le linceul de la vague. J'ai quinze ans, Emmanuel en aura trente et un quand il sera au bord du même précipice. La mort maritime va bientôt m'éteindre quand un gamin roux à taches de rousseur se jette à l'eau pour me récupérer. Il m'enguirlande, le costaud, dans un anglais aux *r* roulés. Je ne pige rien. Il me gifle, me frictionne, me ramène au sec et me charge comme un sac mouillé sur son porte-bagage en me menaçant avec un club de golf si je n'obtempère pas. Comment se nomme donc ce garçonnet gifleur à taches de rousseur à qui je dois tout de même la commodité de vivre encore ? Je ne le saurai jamais.

En revanche, je sais désormais à quoi ça ressemble ces instants ultimes si fragiles, la paix qu'ils fournissent quand persévérer sur cette terre ne semble plus une option pensable. Car dans mon souvenir, c'est de paix qu'il est alors question, de paix à profusion. Je n'ai pas souvenir du froid des flots. Seulement de mon apaisement en bordure du départ.

Nos deux mamans si canailles ne nous ont pas ratés certaines fois, chacune à leur manière. Deux suicidés, on est, Emmanuel et moi. Un suicidé enterré et un suicidé joyeux.

Notre gentillesse

Vers mes vingt ans, je retrouve Emmanuel rayonnant dans le bar d'une piscine parisienne à vagues artificielles où nous projetons de nous retrouver une fois par semaine. L'idée nous fait chaud au cœur. Enchanté, il m'interrompt :

– Tu as une voiture pour aller en Mayenne, chez les grands-parents de ton fils ?

– Non. J'ai vendu celle que j'avais achetée… Moteur poussif.

– Tu veux ma BM ?

– Comment ça ?

– Je te la donne.

– Tu es dingue, t'as pas un radis !

– Et alors ? Il te faut une voiture, Alexandre. Je te la donne.

Fauché à l'os, en négatif comme Job, il me tend les clefs de sa BMW élimée, mais qui fonctionne. Impensable. Cette générosité insensée, je la connais par cœur. C'est la mienne, inconsidérée, celle de notre père, de notre grand-père aussi. Une tradition folle de prodigues, un réflexe. On offre quand on n'a rien. C'est ce qui donne du prix au don. Filer ses sous en période de hautes eaux n'a aucune valeur. L'abondance ruine le geste.

Je saisis les clefs, les larmes aux yeux comme lors d'une déclaration d'amour. Je les lui rendrai plus tard. Cette voiture impromptue, rouge, nous nous la sommes offerte et rendue tant de fois. Elle célébrait notre tendresse réciproque, notre appartenance à un clan qui pratique la largesse en temps de disette.

Comme il me manque soudain avec sa bonté illimitée, avec ses cadeaux déraisonnables et ses attentions de prince du cœur. Je n'aime au fond que les déréglés du cœur. Je suis son frère d'âme.

11 octobre 1993

Le 11 octobre 1994, un an exactement après son geste, je fais l'acquisition d'une carabine 22 long rifle à La Ferté-sous-Jouarre, en Seine-et-Marne glaiseuse. Et j'en reste étonné comme un cornichon qu'on puisse acheter ça si facilement.

Revenu à Verdelot, j'en loge le canon froid au fond de ma gorge enrouée au bout du jardin de ma mère. Pas pour me tirer comme un lapin. Juste pour être avec toi Emmanuel. Histoire de mimer l'impensable, car je sais que je ne peux pas me représenter la réalité de la scène, ni l'intégrer en aucune manière. Il est impossible de recueillir ce moment piège, d'assumer cette erreur fondamentale en passant par la banalité d'une perception extérieure. La souffrance démoniaque qui conduit à sa propre élimination est un autre pays, un autre langage.

Ridicule jusqu'au bout dans le soir qui tombe, je loge des balles longues dans ma fausse Winchester, l'arme, clic-clac, puis je pose mon doigt sur la gâchette et suce le canon. Jusqu'à ce que la nausée d'être né Jardin me saisisse les tripes et la sous-ventrière. J'ai alors si peur que je file jeter l'arme dans le Petit-Morin, là où il forme une chute d'eau que je franchissais jadis en kayak. Je me défais de l'arme de mon non-crime.

Mais je t'ai senti, toi, mon frère de liberté mal contenue, mon frère hanté par la grande audace d'être soi – ou plutôt je t'ai frôlé avec un Amour fou. J'ai voyagé quelques minutes dans l'hypothèse de tes sensations, dans l'énigme de ta souffrance, dans ton dépit affreux de posséder un nez qui ne soit pas le mien. J'ai retrouvé l'allégresse folle de nos fous rires quand on parlait vrai. J'ai tâché d'être ton frère.

Et je me suis juré que le jour de ta mort n'existerait plus jamais car la réalité de cette scène ne peut pas exister dans ma réalité. Je suis né pour l'expérience des vivants, pas pour célébrer vaguement et banalement nos morts. Fussent-ils aimés tendrement. Pendant trente ans, j'y suis parvenu. Ne pas penser est un foutu boulot.

Et puis ma mère a expiré à son tour, saccagée par l'âge et la maladie harcelante, ainsi que son mari Pierre, plus joliment lui, et ma sœur Marie-Barbara bouffée de l'intérieur par un cancer obstiné. Épidémie de décès.

Et je me suis alors dit, soudain esseulé, que je ne pouvais pas effacer tous mes morts. Dans mon armoire d'oubli, tu étais bien là, Emmanuel, si vivant avec tes effrois congédiés, ta dangerosité énigmatique et ta noblesse d'enfant abandonné, ininvesti. Tu étais là, prêt à continuer tout autrement notre relation. Même si je t'ai empaqueté trois décennies dans du silence épais. Je me suis soudain avisé que la mort ne doit pas être l'occasion imbécile de ne pas penser l'impensable, et qu'il est cinglé, pour ne pas dire malsain, de sectionner certaines relations parce qu'elles sont énigmatiques. Le trépas intelligent est une métamorphose des liens, pas une amputation. Notre parenthèse de trente années – cette longue croupissure de notre amour – devait cesser enfin. Nos absents méritent notre sollicitude et de poursuivre le récit de leur être. Ce n'est pas parce que l'on comprend que dalle à une âme que l'on doit s'interdire de l'aimer.

Alors je t'élève cette sépulture de papier, Emmanuel. Chez nous, on ne s'aménage un repos éternel que dans un livre. Nos véritables caveaux sont nos bibliothèques.

Notre liberté

Un jour, à Verdelot, dans l'étrange et belle maison de Seine-et-Marne où mes parents aiment d'autres hommes, parfois d'autres femmes, je chaparde le carnet d'adresses de notre père qui contient les numéros de téléphone de son monde. Il y a là les numéros personnels de toutes les stars du cinéma tricolore : Lino Ventura, Jean Gabin, Romy Schneider, Delon…, que des noms que l'on sait déjà ineffaçables. Mais il y a aussi les numéros privés de grandes bêtes politiques comme Mitterrand, Giscard et pas mal de ses ministres, dont celui de l'Intérieur, Poniatowski.

Emmanuel palpe avec bonheur le carnet en cuir noir et s'exclame :

– On va faire une surprise à papa !

C'est un infernal, mon Emmanuel, un geyser d'initiatives. Hallucinant à suivre, croyez-moi. Son genre à lui, c'est de tenter le gadin, de se faire apôtre de l'audace décalée. Et ça m'excite aussi.

– On va les appeler et leur donner rendez-vous pour une fête déguisée.

– En quoi ?

– En Marsupilami.

– Mitterrand en Marsupilami ? Gabin dans le costume tacheté ?

– On va tous leur donner rendez-vous à l'Alcazar ou chez Mado, la copine maquerelle de papa, en leur disant que c'est l'anniversaire déguisé de papa.

– Mado, elle me fait peur. Papa dit que là-bas on trouve Claude couvert de chaînes, j'aime pas ça… L'Alcazar, c'est mieux.

– Tous en Marsupilami ! Giscard va bondir ! Houba ! Houba !

– Où vont-ils trouver des costumes ?

– Regarde, là…, me fait-il en ouvrant le carnet à la lettre L. Lui, Lamothe, c'est un décorateur de films. Il trouvera.

On se met devant un téléphone, moi pendu à l'écouteur, Emmanuel tenant l'appareil. J'ai dix ans, lui quatorze. Et nous commençons par Mitterrand.

– Allô ?

– C'est Emmanuel Jardin, le fils de Pascal…

– Ah…

– On s'est dit avec mon frère Alexandre que ce serait bien d'organiser un anniversaire-surprise pour papa, à l'Alcazar…

– À l'Alcazar ?

– Accepteriez-vous d'être costumé en Marsupilami ? Comme tous les invités. Il y aura Jean Gabin, Michel Morgan, Alain Delon…, tous costumés.

– C'est quoi un Marsupilami ?

La soirée fut longue. Emmanuel prépara de main de maître cette soirée-surprise où le gratin français devait venir vêtu dignement en Marsupilami pour fêter notre papa à l'Alcazar, sur une scène de music-hall.

C'est ainsi que cette soirée mémorable n'eut jamais lieu. On n'a pas dû être convaincants. Tous ont dû rappeler papa dans notre dos. Mais qu'est-ce qu'on a ri… Le rire d'Emmanuel – je prononçais « Emmanouel » quand on dévissait dans le rire – m'enchante encore…

11 octobre 1993

Il y a quelques années, un 11 octobre, je fais l'acquisition d'un squelette complet au marché noir. Celui d'un styliste virtuose qu'Emmanuel m'avait fait connaître jadis, Joubert, ami intime de Chateaubriand, qui lui faisait relire ses manuscrits, c'est vous dire le format du plumitif. Il méritait un squelette reconstitué, vertical.

Le renard au regard torve qui me le propose à la vente est un pilleur de cimetières, un grand Lorrain spécialisé dans la récupération lucrative d'ossements d'écrivains de renom. Cet authentique chenapan funèbre a déjà vendu plusieurs fois Rimbaud, ce qui laisse à penser qu'il est peu regardant sur l'origine exacte des os. Emmanuel me l'avait fait connaître un soir où, dans l'obscurité de l'île du Grand-Bé de Saint-Malo, nous avions participé – en riant comme des fous – à l'ouverture clandestine du tombeau de François-René de Chateaubriand pour piquer son squelette. L'ami d'Emmanuel avait un client texan qui voulait se l'offrir.

Tandis que le zig s'active discrètement pour desceller le tombeau dans l'extinction du jour breton, Emmanuel nous lit un passage des *Mémoires d'outre-tombe* qui m'est resté :

> « C'est dans les bois de Combourg que je suis devenu ce que je suis, que j'ai commencé à sentir la première atteinte de cet ennui que j'ai traîné toute ma vie, de cette tristesse qui a fait mon tourment et ma félicité (...). Là, j'ai cherché un cœur qui pût entendre le mien (...). »

Sa voix remplit la nuit. On grelotte, il fait soudain humide. Plus il lit, plus je sens que mon frère se décrit avec force détails en lisant François-René. Quand enfin le pilleur excave minutieusement le squelette blanchi de Chateaubriand, après avoir défoncé les restes du cercueil, Emmanuel en saisit la tête au clair de lune et lui jette cette apostrophe de Musset, face contre face :

> « J'ai souffert souvent, je me suis trompé quelques fois, mais j'ai aimé. C'est moi qui ai vécu, et non pas un être factice créé par mon orgueil et mon ennui. »

Puis il lui récite un poème de son cru où il est question de l'éphémère de toute chose et nous repartons, ni vu ni connu. Ah, comme j'aime ceux qui ravitaillent la vie en poésie. Autour de nous, les murailles rectilignes de vagues, sans déchirures à leur arête, sont visibles dans la nuit. C'est du liquide ressemblant à du granit traversant un mur nuageux de brume nocturne. Jamais nous n'avons autant ri que lors de cette équipée bretonne. Le vicomte de Chateaubriand est alors emballé dans une boîte qui partira bientôt pour Dallas. Peu de gens le savent, mais son tombeau face à l'océan est vide désormais.

Vingt-cinq ans plus tard, c'est ce même pilleur de tombes littéraires – Dieu qu'il a changé, on va vite à vieillir en faisant n'importe quel commerce – qui me propose le squelette de Joubert. Son prix me convient. Le versement comptant se fera en liquide. Je l'ai fait transférer nuitamment dans la tombe d'Emmanuel à Gambais par cet étrange antiquaire d'écrivains. Il me plaît que cet immense styliste qu'il affectionnait dorme aux côtés de mon frère.

Tandis que son ami rescelle la plaque tombale d'Emmanuel, dans une nuit obscure accablante, je lâche ces mots de Joubert qui pensait que tout ce qui est exact est court : « Ferme les yeux et tu verras… »

Au-dessus de nos têtes, la nuit claire laisse apparaître les couches de la pluie qui se prépare, avec au loin des gisements de grêle. Il n'y pas encore d'éclairs, seulement une horrible lueur éparse. Se forme alors un plafond de noirceur compacte. On entend la respiration de l'orage qui vient, comme si Emmanuel me parlait. Le silence palpite obscurément. Et soudain, un éclair formidable s'abat dans un coup de tonnerre atomique. La pluie tombe en avalanche. L'obscurité s'épanouit dans le fracas. Fulgurations, torsions frénétiques des arbres pris dans le vent fou, fulminations. Emmanuel me baigne de ses larmes.

Avec qui pourrai-je à l'avenir vivre de telles équipées, en lisière de l'improbable ? Je la raconte ici mais ne l'avais encore confiée à personne. Qui me comprendra ?

J'espère que le voleur d'écrivains ne s'est pas trompé de tombe à Gambais. Il ne me plairait pas que Joubert repose ailleurs qu'aux côtés de mon frère, mêlant leurs finesses. Ensemble, débarrassés de vos viandes, vous devez dialoguer avec les asticots. Et les faire rire.

Lui dans les autres

Je m'aperçois aujourd'hui que c'est lui, mon Emmanuel, que j'ai souvent aimé à travers mes amis intimes, dans le filigrane charmant de leur gaieté et de leur bizarrerie.

La première fois que je rencontre le très improbable David Koubbi, je pense aussitôt : « Comme il est Jardin », puis je me dis : « Il a le charme fou d'Emmanuel, sa liberté. » David a le même désespoir profondément gai, le même culot pléthorique, son rire aisé, son extravagance profuse. Immédiatement, je me sens frère de son allant d'étudiant pimpant, frère de ses insolences dans la librairie Castéla où nous nous rencontrons à Toulouse. Comme en présence du Jardin qui me manque depuis peu. Quand je le vois cueillir à la sauvette les filles épanouies place du Capitole, je retrouve la frivolité amusée de mon grand frère éteint. Même burlesquerie jolie, même charme enjôleur, irrésistible, même propension à l'écart.

Plus ma fraternité s'affirme avec Thierry Suc – mon quasi-frère désormais –, plus j'ai plaisir à sentir dans ses cellules si particulières celles de mon rêveur de frère. On respire tous deux la même liberté franche, si légère à déguster. Je me délecte de son ultrasensibilité emmanuelesque.

Et lorsque je rencontre l'éditeur des fauchés Vincent Safrat, l'homme qui inonde la France d'albums jeunesse à quatre-vingts centimes, j'ai d'emblée la sensation, ou plutôt le soulagement, de faire la connaissance d'un Emmanuel réussi, charpenté pour le délire réalisé, riche de qualités permettant de mener un sort radicalement poétique. Un détail troublant : Vincent ne circule à travers la France que sur des vélos sans freins. Pourquoi ? Parce qu'il est contre les freins. Il en a peur, des freins. Comme mon frère parti…

11 octobre 1993

Ce jour anniversaire de l'impensable me renvoie à tout l'impensé de ma tribu hors des clous. Notamment à cet oncle autodidacte de génie que j'ai tant aimé, et protégé parfois, comme un père de substitution après que le nôtre avait pris l'escampette : Simon, le noble et grand Simon, exonéré de toute petitesse, né pour la liberté.

Un triste jour, mon autre oncle Gabriel m'appelle et m'annonce sa mort impromptue. Je reste séché, immobile. L'impensable ne s'intègre pas dans l'esprit, ne s'engramme pas dans mes synapses ni dans mon cœur. Et il ajoute, deuxième impensable :

– Il s'est pendu déguisé en femme avec une perruque, maquillé, en manteau de fourrure. C'est embêtant.

Je ne l'avais pas vu comme ça mon Simon, en être hermaphrodite, juxtaposant en lui les deux sexes, complet pour ainsi dire. À dire vrai, personne n'imaginait ainsi accoutré cet amateur de chant grégorien, de haute philosophie, pétri de catholicisme vivifiant, hanté par Bernanos. Gabriel me propose aussitôt de « ne pas dire la vérité », même s'il va y avoir une enquête de police dans les milieux travestis de Genève pour établir les faits. Afin de ne pas penser l'inimaginable qui nous saute au visage et dévisse nos certitudes, il suggère de dire que Simon est mort d'un arrêt cardiaque.

– C'est un peu jésuite, naturellement… mais pas totalement faux. Simon a vécu tant que son cœur battait.

Tous, nous en sommes là sur cette terre, à nous barricader contre nos pensées dérangeantes, inassimilables, inrépétables à nos intimes, quasi impossibles à métaboliser.

Pendant trente ans j'ai été, comme Gabriel, un bonhomme en fuite, effrayé à l'os, oublieux.

Nos délires fastueux

Quand nous séjournions en duo, Emmanuel et moi, nous étions de la même argile joueuse. Un jour que nous surprenons par hasard, en ouvrant une lettre par mégarde, une correspondance secrète entre notre grand-mère et un quasi-ancien amant, nous décidons de corser la chose en imitant son écriture. Nous donner des airs de faussaires nous amuse, et nous connaissons le goût de notre aïeule pour les liaisons dignes d'être écrites.

En quelques lettres joliment troussées – imiter la verve de notre grand-mère Moutie est chose facile (avec elle une douleur est toujours « insondable » et un désir « déchirant ») –, nous faisons de ce flirt banal de ville d'eaux, esquissé à Vichy en 1942 et resté sans autre conclusion qu'un baiser, quelque chose qui mérite le nom d'aventure.

Pour distraire les tourtereaux octogénaires désormais, nous prenons le parti d'en faire le pendant romantique de *La Princesse de Clèves*, de l'agrémenter de mélancolie exquise, de désespoirs succulents, de coquetteries envers l'amoureux de 1942, d'aveux éventuels à son épouse encore vivante afin d'obtenir l'illusion parfaite du drame et de la passion. Tout ce dont raffole notre aïeule, qui a conservé un cœur et des appétits de pucelle. Nous le savons depuis qu'elle nous a confié un cauchemar récurrent, où elle est un rôti enfourné que l'on arrose et qui est cuit à point, mais que personne ne consomme…

Le galant est aussitôt pris au piège. Dégrisé de rien depuis Vichy, il exige ingénument une rencontre au Grand Hôtel de Cabourg. Notre grand-mère brûle, tremble. C'est décidé, c'est moi qui l'y accompagnerai seul, sans Emmanuel occupé par une belle, en passant la frontière suisse clandestinement car notre grand-mère ne possédait pas de passeport. Derrière Puplinge, un poste-frontière est fermé la nuit. À l'insu de ses fils. Notre aïeule était contre les papiers d'identité, au motif qu'elle savait qui elle était.

J'ai aimé à la folie mes amusements avec Emmanuel, être parfois faussaire, toujours galant, souvent culotté. Comme nos rires me manquent…

11 octobre 1993

Ma mémoire est trouée, mitée. Depuis que je reconstitue ce 11 octobre 1993, d'autres dates oubliées me reviennent. Au fond, vivre c'est transformer sa mémoire en gruyère pour avancer malgré tout. Mais en perçant ces trous on se mutile l'âme, on sape son être profond.

Je m'aperçois avec effroi que mes autres 11 octobre pullulent sur le calendrier. Tant de moments oubliés, obérés, chassés.

– Un 2 ou 3 janvier de ma prime enfance, au lendemain du jour de l'an, j'ai tué un chat. Il me griffait sévèrement, je lui ai cassé la nuque. Le chat de la fermière, à Montigny. Je me découvre soudain capable de tuer, sans difficulté. J'oublie ma dérangeante sauvagerie.

– Aux alentours de Pâques, je rentre un matin sans faire de bruit dans l'appartement de ma mère où j'ai oublié mon cartable. J'ai seize ans. Et là, soudain, sur un fauteuil en osier blanc, je vois les vêtements d'un des convives du dîner de la veille, un homme qui n'est pas son compagnon officiel. Je reconnais sa veste en tweed vert, avec un fil jaune. Derrière la cloison ouverte du salon, il dort près de maman. Je repars à reculons et oublie. Comment penser ce que je vois ? J'oublie.

– Avant Noël, adolescent, je traverse le bois de Boulogne pour rentrer d'un collège de Neuilly, et dans les phares d'une voiture, j'aperçois une pute royale qui me bouleverse. Submergé de trouble, je me cache derrière un arbre et me caresse dans le froid en la regardant. Et j'oublie. Suis-je vraiment ce garçon embusqué, dominé par une pulsion sauvage ? le futur auteur de *Fanfan* et de tant de textes au romantisme appuyé, exacerbé ? J'oublie.

– Le soir où j'ai tenté de me noyer en Irlande, je suis rentré trempé dans ma famille d'accueil en disant qu'une déferlante avait failli m'emporter. J'ai enfoui mon acte au plus profond de mon cœur et il m'a fallu la mort d'Emmanuel, treize ans plus tard, pour me ressouvenir que moi aussi j'avais voulu me supprimer.

Qui peut supporter la froide réalité de son être, la somme de ses authentiques contradictions, de ses bêtises, ou le stock de ses minableries ? Qui n'a besoin de se conserver un minimum d'estime de soi en usant d'une gomme ?

Notre spiritualité

Emmanuel a rencontré Dieu à un moment de notre vie où ce dernier patientait dans un recoin obscur de mon cœur las. Dans l'âme de mon frère se forment très tôt des entassements de foi, des escarpements spirituels qu'il affronte grâce à des moines aux yeux d'accueil. Dès ses quinze ans, le catholicisme des monastères qui puisent leur paix dans la règle de saint Benoît lui apparaît comme un briselame pour pulvériser l'adversité. L'amour du Christ devient une source de douceur. Le contact avec Dieu lui est permis. Sa prière a la prodigalité tendre de l'inépuisable.

À chaque fois que je le vois partir en sucette, se heurter à une situation débilitante, Emmanuel file se murer dans l'abbaye du Bec-Hellouin, où son âme reprend son souffle. La vie monastique, cet extrême, répond à son extrémisme intérieur. Il y rencontre même une blonde intense qui lui prodiguera ses douceurs à plusieurs reprises. Personnage mystérieux dont il m'a parlé plusieurs fois sous le sceau du secret. Sœur ou voyageuse, je ne le saurai jamais. C'est là qu'il se barricade contre le réel. Dans l'illimité de Jésus, il se proportionne, s'apaise.

Emmanuel n'appartient pas à la réalité. Même quand il tâche de vivre cette vie, il ne l'imagine pas. C'est au Bec-Hellouin qu'il s'est le mieux entraîné à ne plus vivre ici-bas, à chevaucher l'absolu, son destrier.

Tout cela, je ne le comprenais pas.

Dieu était alors pour moi une énigme sur laquelle je glissais, un concentré de fadaises et de croyances pour mémères. Rien dans ce mot ne parlait à ma partie haute. En réalité, je vivais petitement sans le savoir. Me manquait la grande liberté de la foi simple, d'un accord allègre avec la source de vie.

Et puis j'ai rencontré une femme habitée par le sublime. Reconnaître sa femme-vie, c'est simple : c'est elle qui vous surdimensionne en tout. Elle vous remet naturellement à niveau, celui de la paix profonde. Je me suis alors découvert une sorte d'audace spirituelle, une joie illimitée du cœur profond. En l'aimant sans répit, j'ai découvert l'art d'aimer Dieu. Sa féminité radieuse a fait pont, appel d'air vers l'amour universel.

Et en aimant Dieu avec délices, je t'ai retrouvé, Emmanuel, dans ta foi simple. On a le même ciel ouvert désormais, la même qualité de prière. Je découvre dans la respiration de la prière une densité de présence qui t'était familière.

11 octobre 1993

Je hais très cordialement Antoine de Saint-Exupéry car Emmanuel l'aimait trop. Leurs poésies me semblent indistinctement mêlées, tissées de nostalgie et d'un affreux chagrin de vivre parmi les hommes. À un point mortifère.

Quand je lis et relis Saint-Ex avec fascination à l'heure bénie où l'on fait abandon de toute prévention – je ne peux pas m'en empêcher, malgré mon allergie –, je sens à plein nez sa haine emmanuelesque de la vie derrière ses phrases trop émerveillées, trop amoureuses de l'essentiel. Comme une fraude poétique. Qui aime la vie en goûte les menues choses, pas les seuls pics de perfection. Comme Emmanuel, Saint-Ex raffole exagérément de l'altitude qui permet de ne pas les voir, de s'en extraire avec la distance. Comment ne pas discerner que piloter des avions si peu fiables à l'époque, des nids à pannes, est une roulette russe permanente, un pré-suicide consenti d'avance ? Comme un entraînement à disparaître dans le vaste cœur de l'Atlantique.

Le 11 octobre 1993, il rejoint le 31 juillet 1944, date du suicide du grand Antoine en s'exposant trop dans un combat aérien. Qui peut croire qu'un homme si accoutumé à frôler le décès depuis des décennies ne cherchait pas obstinément la mort ?

Un beau jour, Emmanuel s'est mis en tête de réaliser un film grandiose sur Saint-Ex, une superproduction planétaire à la mesure du rêveur motorisé. J'ai compris alors pourquoi ce génie stylistique, ce poète absolu, m'effrayait par son obsession du sublime dégagé des contingences.

Le film ne s'est jamais fait dans la vie réelle.

Il est resté dans les songes d'Emmanuel.

Lui et Antoine de Saint-Exupéry sont désormais accrochés dans le Ciel pour l'éternité. Et je n'en finis pas de maudire le Petit Prince.

Nos désirs jardinesques commandent au réel

Mon frère et moi sommes des volcans éphémères, des incendies du cœur et du désir. De ridicules zélateurs de l'enthousiasme. Nés de cinglés, nous nous croyons du sang des héros, de celui des dieux voués à trottiner sous les étendards de la gloire. Celle dont rêvent les enfants, pas celle des récipiendaires de la Légion d'honneur. Dans notre bulle, malheur aux tièdes !

Au fond de nos cabanes improvisées dans la forêt sablonneuse de Gambais, nous passons souvent en revue les personnages inspirants, la galerie de « qui il faut être ». Une série de sérums contre l'avachissement. Dans ces instants, mon frère est pour moi cette moitié que l'on cherche toujours. Et quand nous sommes à court de statues modèles, Emmanuel fabrique des héros cartoonesques qu'il fait illico dessiner par ses copains de collège.

Un jour, il me montre l'esquisse d'un « Gérafon ».

Une sorte de bête élastique au grand pif dont il m'explique les vertus contagieuses :

– Un Gérafon n'est pas un être dégradé, éteint, vois-tu, il sait rire de tout et tout vouloir… Il trouve le joint entre ses désirs et le monde. Dès qu'un Gérafon exige quelque chose du destin, le destin obéit en se poilant. Voilà ce qu'il faut être : un Gérafon !

– Mais si la vie n'obéit pas aux ordres des Gérafons ?

– Impossible, Alexandre. Nos désirs commandent. Parce que ce sont les plus drôles !

– C'est vrai… j'avais oublié.

Ce Gérafon, ma main d'ex-enfant sait encore le dessiner, le voici :

Cela fait trente ans que je n'ai plus dessiné un Gérafon. J'avais fini de rire. Comme j'étais idiot. Rire à nouveau, c'est honorer Emmanuel. En traçant les contours de cette joyeuse bestiole, je retrouve notre gaieté d'autrefois, le plaisir de croire que nos désirs commandent au réel. Je redécouvre – comme si le meilleur de moi-même s'éveillait – que plus on a de courage et le cœur sensible, plus on a l'intelligence d'être naïf-actif, plus on est aimé par la vie.

Comme nous avions raison d'être des admirateurs des Gérafons. Que d'aventures leur avons-nous prêtées ! Ciselées, ourdies en riant, ourlées de surprises jouissives.

Dans cet épisode de notre existence, autour de mes dix ans et de ses quatorze ans, nous étions des blocs de confiance. On ne se déplaisait pas à soi-même. On croyait aux commencements. J'y crois encore. Plus que jamais.

Si mon grand frère est tombé dans un trou noir, je suis à nouveau une boule lancée qui ne reprend jamais sa tranquillité.

11 octobre 1993

Longtemps j'en ai voulu à son beau-père mutique – la Méduse – d'avoir conservé sa carabine dans leur maison de Gambais au moment où Emmanuel traversait des orages suicidaires. Cet homme s'enlisait dans une indifférence aux autres. Il avait la manie du bâillement devant autrui.

Quel besoin de garder à domicile une boîte de cartouches alors que mon frère sortait d'un hôpital psychiatrique pour avoir tenté de se pendre haut et court ? Alors que, « dévisagé », espérant être « revisagé », il ne se reconnaissait plus dans les miroirs ? Alors qu'il évoquait l'hypothèse de retrouver Dieu avec une fièvre papelarde ? Alors qu'on savait qu'en lui rôdait la tentation de rejoindre un Ciel qui l'attendait trop ?

Mais qui y a cru ?

Moi-même je me suis envolé pour Nouméa au lieu d'entendre ses hurlements muets. Peut-être que nous ne sommes, sur cette terre, que des carnes d'inattention aux autres, occupés que nous sommes par nos petites besognes. Suis-je le mieux placé pour faire reproche à la Méduse d'avoir conservé ce fusil de la mort ?

En réalité, personne ne consent à penser l'impensable. On rétropédale devant l'horreur possible, l'irrémédiable offense du destin. Si nous acceptions d'emblée l'hypothèse du pire, l'optimisme qui soutient la vie s'effacerait sans doute et c'en serait fini de l'avenir.

Longtemps j'en ai voulu à sa mère de l'avoir si durement meurtri, et conduit à désaimer la vie. D'avoir tant ricané de ses qualités, jusqu'à les rendre dérisoires. Mais la vérité est que chacun en ce bas monde fait du mieux qu'il peut, même si ce mieux est abominable. Qui sait de quelle violence vertigineuse, crucifiante, cette femme est elle-même issue ? On ne peut donner ce qu'on n'a pas reçu. Qui sait à quel point le destin sauvage lui a dévoré les ailes, déchiqueté le cœur et vitrifié l'âme ?

On fait tous de notre mieux. C'est ma femme-lumière qui m'a appris cela. Et elle a raison de hisser son regard jusqu'à cette altitude revitalisante, celle de l'amour sacré. Doucement, elle me délivre de mes petitesses, de mes rancunes basses.

Un jour, mon cœur sera digne du sien.

L'amour,
notre plus sublime
des beaux-arts

Emmanuel et moi avons tant parlé d'amour. Nous avions eu la vocation précoce, la quête prolixe, jaseuse. Tous deux, nous avons nourri très tôt le projet de découvrir le sublime des jours avec et par une femme.

J'ai tant goûté nos virées en forêt au sortir de l'enfance, au déboulé de nos curiosités. On cavalcade en douce à l'aube pour surprendre les cerfs et les biches buvant dans les étangs matinaux de la forêt de Rambouillet. Nos promenades coulent le long des chemins, suivent les ruisseaux jusqu'aux étendues de brume. L'eau des aurores, cernée de fougères, donne aux sons de la forêt une profondeur, une rémanence veloutée qui les font durer. C'est juste avant que nos cœurs entrent dans la grande arène de l'Amour pour se faire baratter par des amazones parfois féroces. Dans les lumières obliques, guettant les cervidés assoiffés, nous passons des heures à décrire ce que sera notre princesse, à ciseler nos songes. La double crainte d'être désiré et de ne pas l'être nous habite déjà. Nous ne savons rien, nous imaginons tout. Avec une certitude pour boussole : nos amours ne seront pas contractées de sang-froid. La passion ne sera jamais un accessoire. Emmanuel me lit un volume usé de Musset chapardé chez notre père, alors que mes lectures se limitent alors à *Lucky Luke*. On en frémit dans l'aube. C'est donc ça l'illimité à portée de tous les cœurs, un vers de Musset ?

Quand j'y repense… quelle belle paire de rêveurs ardents, prêts à conquérir le vaste.

Un beau jour, non loin de Verdelot en Seine-et-Marne, nous dégotons un moulin à l'abandon sur une rive du Petit-Morin. Le bâtiment branlant se situe à l'entrée de Villeneuve-sur-Bellot. Par effraction, nous entrons et, dans le désordre d'une exploitation sans doute interrompue jadis par la faillite, nous dénichons l'appartement sous les toits du meunier, empli de toiles d'araignées. Que s'est-il donc passé ? Tous ses vêtements dorment encore dans les tiroirs, ses cahiers d'écolier soignés d'un autre temps, ses vieux livres d'école grignotés par les rongeurs. Et sous le matelas pourrissant, nous mettons la main sur son courrier. Dont une correspondance d'amoureux, écrite à l'encre violette, deux si belles écritures, des échanges fervents avec une Louise de Provins.

Toutes les lettres y sont, celles de la jeune fille comme celles du meunier, ficelées en une liasse.

À chaque fois que nous poussons jusqu'à Villeneuve-sur-Bellot à vélo, nous nous arrêtons pour en déguster des passages, en craignant de lire les derniers feuillets du paquet poussiéreux. Qu'est-il donc arrivé à tant de ferveur inquiète ? Pourquoi le meunier a-t-il récupéré ses propres lettres ?

Un soir, à la lampe de poche, nous avons le cran de lire les deux dernières lettres de Louise et de Jean-Marie, et nous comprenons avec horreur : elle mourait d'une atteinte grave aux poumons. Elle aimait son apprenti meunier pour l'éternité.

La mort est un scandale, une fripouillerie du destin.

En rentrant à Verdelot, nous allons allumer trois cierges dans l'église, pour honorer Jean-Marie, Louise, et leur amour. Toute notre amitié de frères est là : on tient l'amour en haute estime.

III

Mon frère vivant

Dire les choses à temps

La folie de nos parents peu freinés m'a donné un autre frère magique, obstinément vivant : Frédéric. Alors, plutôt que de me rabibocher seulement, dans ces pages au présent du passé, avec un mort de 1993, je souhaite exprimer à mon frère robuste tout l'honneur que j'ai de partager avec lui une proximité unique, rare, mystérieuse, enracinée dans l'enfance.

On ne dit jamais assez aux vivants qu'on les admire. Et ce qu'on doit à leur façon d'être. Alors je publie ici, dans ce chapitre, le texte qui sera prononcé – par moi ou par quelqu'un d'autre si je suis déjà mort – le jour de ses obsèques :

Frédéric, mon frère, est de ces êtres rares, non bruyants, qui sont plus qu'ils ne paraissent. Une falaise d'intelligence mobile, un roc de tendresse. Réservé en ses propos, brusque et courtois, il est issu de tant de folies qu'il lui est resté dans le caractère quelque chose de surdimensionné. Frédéric le grand sait penser l'impensable, la vie l'y a contraint. La force inouïe du survivant l'habite. Tout chez lui est une conquête, alors que tout m'a été offert. Frédéric est une colère, je suis une conciliation. Il est une subtilité aiguisée, je suis souvent une naïveté. Nous sommes deux fragilités agissantes, des types qui se sont constitué une santé en bataillant.

J'ai donc deux frères.

Emmanuel est un galop qui tourne court ; Frédéric un grand trot qui entraîne la vie. Emmanuel a été une liberté emballée, du décousu chaque jour, une folie ; Frédéric, une force tranquille qui va méthodiquement, une robustesse choisie, une lucidité capable de tous les déboîtements.

C'est dans notre enfance mêlée, tressée de quotidien, que nous avons forgé notre alliance. À sept ans, Frédéric glisse un soir une feuille sous la porte de ma chambre. En bas d'un dessin, il a écrit ces mots impensables, exagérés, enfantins et sublimes de confiance en la vie : « Nous serons des génies. » Frédéric est une volonté en herbe.

Mais le plus beau est qu'il est surtout une marge de progrès. En tout. Personne dans mon entourage ne s'est mieux bonifié que lui dans le tourniquet de nos folies familiales. Chacun de ses immenses défauts s'est mué en qualité aiguë, agile.

Il est un changement alors qu'Emmanuel a été une fixité. La certitude qu'il avait de son caractère l'a tué. La souplesse ferme que Frédéric possède fait de lui un athlète du bien vieillir, un spécialiste de la vie profonde.

Frédéric n'est pas metteur en scène, il est le cinéma en bloc. Tout son être coïncide avec cet art qui est une lutte. J'ai fait des films ; il fait des œuvres. Frédéric se faufile vers ses visions sans rien démordre. J'ai filmé ; il imprime la pellicule de sa volonté âpre. Son intranquillité affleure dans chaque plan. Homme extrêmement exigeant, d'une culture filmique encyclopédique, sachant peser chaque élément de décor et chaque rai de lumière, du goût le plus sûr, répugnant aux modes. Frédéric respecte les maîtres. Il est plus que la Culture, la Civilisation – mais sans affèterie. D'une courtoisie défensive, parfaite, succulente et âpre. Sans cordialité excessive, je vous dis. Ma pensée est flâneuse, explorante ; la sienne revient toujours au cinéma. Je suis un peu gondolier ; il est un metteur allemand grande époque exilé dans le Hollywood mirifique des années trente, de ces visionnaires berlinois qui firent le cinéma américain. Les budgets homériques des grandes plates-formes US lui donnent les coudées franches. J'écris par éclaboussures d'encre ; Frédéric tire des traits qui sont des lignes de force. Sa puissance classique le porte à se méfier des enjolivures, du rococo en toute chose. Créateur hauturier, il emmènera notre époque vers l'Art indélébile.

Plus tard, quand nous serons morts, je laisserai quelques traces. Il laissera une empreinte. Il est le grand artiste de notre génération ; moi, le paladin.

Frédéric, un jour de vraie discussion, me souffle avec tendresse :

– Écris sur Emmanuel, un livre clinique sur son dernier jour. Médical, sans effets. Juste des faits bruts, incontournables. Quitte le pathos, ta manie des excès. Sois une lame.

Il signifiait une caméra à l'œil calme.

Frédéric ne pense pas avec des idées ou des mots, il ne pense que par des images. Il réfléchit par découpages médités, séquences criantes, avec l'obsession de trouver le bon rythme, la pulsation profonde.

11 octobre 1993

Séquence 1 – Maison de la mère d'Emmanuel, grenier – Int. jour

La belle main d'Emmanuel palpe le dessus d'une armoire. On est chez sa mère, dans le grenier rempli de livres anciens des éditions Fayard.

Sa main avance, fouille à l'aveugle. Hors cadre, elle attrape une carabine qui apparaît soudain, imposante.

Il s'arrête. On sent son émotion sans voir son visage.

Au loin, on entend la voix de sa mère qui crie dans la maison.

MÈRE D'EMMANUEL

Emmanuel, je vais à Houdan faire des courses ! À plus tard !

La porte de la maison claquée.

Il est seul.

Le visage d'Emmanuel apparaît au ras du haut de l'armoire, à la hauteur du vieux fusil qu'il contemple enfin, l'œil trouble, épuisé. Il vient de gravir un échelon de l'escabeau.

Quelque chose de violent dans le regard. Sa pupille est celle d'un homme qui va commettre un meurtre.

Emmanuel monte encore une marche de l'escabeau que l'on devine sous lui. Sa main fouille hors cadre et en retire une boîte de cartouches longues.

Il redescend de l'escabeau avec l'arme et les cartouches, puis par une corde à nœuds à travers une trappe en coinçant le fusil dans sa bouche pour disposer ses mains sur les nœuds. Les cartouches sont logées dans la poche de sa chemise blanche.

Emmanuel disparaît dans l'obscurité.

Séquence 2 – Chambre d'Emmanuel chez sa mère – Int. jour

On glisse sur l'affiche du film *Le ciel peut attendre* de Warren Beatty punaisée dans sa chambre, puis devant un mur de photos sur lesquelles on distingue son père Pascal, son grand-père Jean Jardin, sa sœur Nathalie, enfant lovée contre un chien aux allures de Milou, ainsi que son petit frère Alexandre, hilare, avec une flûte à bec. Dans un coin, la photo d'un minuscule garçonnet, Frédéric. Un peu à part, il y a également la dernière femme de son père, nue sur une photo. Des seins sublimes, abondants.

On s'arrête au ras d'une table où, sur un linge immaculé, Emmanuel a démonté l'arme qu'il graisse.

Il souffle dans le canon.

À travers le tube noir, on aperçoit son visage désemparé. Un visage d'enfant perdu de trente et un ans.

Ses mains remontent méthodiquement le vieux fusil. On le sent déterminé. Le soleil inonde la pièce. Dehors, des oiseaux chantent fort. Est-on au paradis ?

À la fin du remontage de l'arme, Emmanuel n'est plus qu'une ombre chinoise dans le contre-jour face à la grande fenêtre.

En quittant la pièce, il retourne le cadre de son petit frère Alexandre, puis il revient sur ses pas et retourne tous les autres cadres.

Séquence 3 – Chambre de sa mère – Int. jour

Muni de son vieux fusil, Emmanuel traverse la chambre de sa mère, retourne un cadre où elle figure sur une photo en noir et blanc, très belle, très jeune. Image d'une époque radieuse.

Emmanuel enferme trois chiens dans la chambre et sort côté jardin par la porte-fenêtre.

Séquence 4 – Jardin de la maison de sa mère – Ext. jour

Emmanuel est au fond du riant jardin, brillant de fleurs, gentiment situé sous les fenêtres de sa mère. Ribambelle de rosiers, profusion de pétales. Il se place dans l'axe exact de la chambre où l'on entend les chiens qui aboient. Les oiseaux chantent de plus en plus fort.

Ses mains tremblent. Il a du mal à loger une balle longue dans le fusil.

À bout de souffle, il cale le fusil entre ses mollets d'acier et enfile le canon dans sa bouche. Son doigt tremble. Un nuage passe devant le soleil. Il appuie sur la gâchette.

Séquence 5 – Hors du jardin de la maison de sa mère – Ext. jour

La détonation retentit alors que l'on voit, par-dessus le mur du fond du jardin, les portes-fenêtres de la maison de sa mère.

Les oiseaux se taisent. Les chiens enfermés sautent sur la porte-fenêtre de la chambre de sa mère et l'ouvrent. Ils accourent en aboyant.

La caméra descend. On aperçoit côté rue le nom du passage de Gambais : « Le bout du chemin ».

Voilà le film probable, possible, l'à-peu-près de l'impensable, la réalité pas regardable, l'angle mort total. Trente ans pour admettre l'inadmissible, pour commencer à vivre avec les faits bruts. Désormais je sais qu'être homme, c'est aussi être capable de penser le pire, même les soleils noirs d'une vie.

Une fraternité triomphale, c'est quoi ?

Avec mon frère Frédéric, tout me semble réussi. Qu'avons-nous donc réussi ?

Une écoute sans réserve, un respect absolu au long cours.

Au lieu de refuser de me fréquenter quand les grâces du succès me sont tombées dessus avant lui, mon frère cadet s'est accroché comme un forcené pour imposer son œil cinématographique, avec une volonté en titane et une exigence artistique inconcevable, un surhumain désir de créateur. Il signe aujourd'hui des séries télévisées aux moyens gargantuesques qui font le tour du globe et s'insèrent dans toutes les cultures. Il a très élégamment décroché un Emmy Awards américain, moins tape-à-l'œil qu'un Oscar. J'en suis bouleversé de fierté. Frédéric n'est jamais entré dans la folie destructrice du ressentiment. Il a choisi d'être un artiste, donc un guerrier de premier rang, une brute de volonté. Notre amour à part en a été préservé.

Il m'a surtout appris que ceux qui ont le courage d'être sauvent les relations. Emmanuel n'en a pas eu la vigueur d'âme, trop fragile, trop déglingué.

Avec mon grand petit frère, nous sommes parvenus à un dialogue aussi incroyable que lucide sur les nôtres. Toujours nous avons confronté nos points de vue effarés et maintenu ensemble le gouvernail de la raison dans l'odyssée folle du clan Jardin. Quand notre sœur Marie-Barbara fait le choix, face à son cancer, du « tout est psychologique, je vais miser sur mon seul chemin intérieur en refusant la chimio », nous en restons blêmes d'effroi, conscients qu'elle carbonise sciemment le délai fondamental d'intervention. Et cela nous unit jusque dans nos chairs. Nous savons qu'ensemble il est encore possible de conserver un lien vivant avec la foutue réalité, contrairement au reste de notre famille qui ne vit que dans la fiction.

Ce cocon de raison partagée nous a permis de traverser toutes les tempêtes, tous les faux-semblants dont nous avons hérité. Je ne suis pas devenu fou grâce à lui. Frédéric est ma prise de terre, alors que nous sommes tous deux des créateurs de mondes ! Nous comprenons aussi bien la fiction que l'univers des froids lucides. Et quand il m'est arrivé d'aller trop loin dans mes enthousiasmes jardinesques, il m'a ramené au sol avec des mots justes, inflexibles. Il est mon frère de vérité.

Un soir d'automne 1988, j'ai vingt-trois ans, lui vingt ans, il m'arrête dans le couloir chez notre mère et me lance sans emphase :

– Ton livre, là, *Le Zèbre*, c'est très bien. Le premier, ce n'était pas encore ça, mais là tu y es. Bravo.

Et il décampe.

Je reçois sa phrase courte et nette comme une Légion d'honneur. Frédéric a toujours eu le compliment chiche, ferme. Il y a chez ce jeune homme, déjà, une puissance vive, une fraternité saine. Il est une force qui va.

11 octobre 1993

Le jour gris où Emmanuel enfourne l'arme dans sa gorge et pèse sur la gâchette, est-ce vraiment lui qui passe à l'acte ou est-il imbibé de drames qui ne sont pas les siens, dépositaire, pour ainsi dire, de la violence carabinée de notre famille ? Et de ses parents.

Retourne-t-il contre son visage angélique la violence mutique d'une famille de collabos, confite dans le déni convenable, figée dans l'illusion dingo de la respectabilité falsifiée ? Ce meurtre est-il vraiment le sien ? Notre oncle paternel s'est pendu et notre père, réalisant ses prophéties répétées, est mort si jeune d'un cancer. Quarante-six ans à peine. L'impossibilité de vieillir et de participer au monde réel est inscrite dans nos gènes depuis la guerre.

Le secret des actes ruisselants d'infamie commis à Vichy par notre grand-père, au sommet de l'exécutif ségrégationniste et prêtant main-forte au nazisme exterminateur, a-t-il créé une zone d'indicible devenu, en douce, un impensé extraordinairement violent chez nous ?

L'impossibilité pour les Jardin d'aborder frontalement ce sujet – la chair des familles juives a bien été grillée, pilée, grâce à des politiques diligents comme lui – nous a-t-elle chargé de violence tue, innommable ? Même si on s'en est arrangés après guerre, de toute cette crasse planquée dans du non-dit. On suppute le pire quand surgissent des images des camps, mais en silence, entre gens très bien. Quel rapport entre notre aïeul si digne et ces horreurs qui tordent les boyaux ? Mettre de l'épopée ou du silence sur l'épouvante criminelle et raciste, ça vous glace une famille, ça vous la comprime de dynamite sourde. Parce que notre héros familial n'est en réalité qu'un fonctionnaire du martyre juif, il calcine la confiance réelle, dégoûte de la vie elle-même. Et puis la violence raciale de l'ancêtre aux manettes des administrations punitives, il faut bien que ça ressorte quelque part. Le racorni des clans criminels, ça fermente.

Mais au-delà de ces interprétations, j'ai une certitude : Emmanuel a retourné la violence des nôtres contre lui-même. Tourneboulé dans la boue de ses frustrations, il a voulu préserver le monde de sa propre violence incompressible.

Quel homme !

Frédéric racontera lui-même, un jour, l'odyssée sidérante de ses origines complexes qui font de lui le Jardin le plus accompli et le plus conscient. Des rebondissements génétiques, il y en a eu plus d'un. N'importe qui se serait effondré dix fois sous l'effet des coups de théâtre et des trous d'air moraux qu'il a dû essuyer. Personne n'a une identité moins statique, plus traversée de péripéties.

Étape par étape, j'ai vu Frédéric être l'anti-Emmanuel par excellence dans la conduite du rétablissement de la vérité, être une lame quand notre grand frère a été trop cassable, capable d'inciser les mensonges sédimentés. Et apte à affronter notre mère sans y mettre trop de gants – c'est-à-dire avec justesse. La vérité s'opère à cœur ouvert, et sans anesthésie. Après les folies vertigineuses de nos parents épris de libertés – entendez les désordres et les embardées des sixties –, il a fait de lui-même un alliage indestructible de lucidité sans opacités et de courage radical. Du chaos, il ressort statue.

Emmanuel m'a appris la liberté. Frédéric m'a enseigné le vrai courage identitaire, l'édification d'un moi qui se soutient par ses lucidités.

11 octobre 93

En allant un soir dîner à Gambais chez un ami producteur de cinéma, un rêveur opiniâtre qui a fondé un grand studio européen, je m'aperçois avec sidération que je me trouve dans la rue adjacente de celle de la mère d'Emmanuel. Notre frère s'est exécuté à trente mètres de l'endroit où nous soupons ce soir-là, juste derrière le mur de son jardin.

Pendant le repas, je suis absent.

Je ne pense qu'à lui, à son nez, à son visage explosé par la carabine, à ses chairs éparses. De la maison où nous nous trouvons, la détonation a forcément été entendue dix ans plus tôt. Les propriétaires précédents ont dû apercevoir les gendarmes enquêter. Ont-ils été questionnés ? Emmanuel a dû passer devant ce portail en allant chercher la carabine assassine de la Méduse.

Je feins une fatigue soudaine pour me retirer et quitte les lieux. Devant le porche, lui et sa compagne me font des signes d'adieu. Cinq minutes plus tard, je fais demi-tour, et sans bruit gare ma voiture près de chez la mère d'Emmanuel.

La nuit est une autre clarté. Beaucoup de lune en ces instants. J'escalade le mur de la propriété, saute et me coule dans l'obscurité du jardin, à la recherche de l'endroit où il est tombé. Là où son sang a coulé. Je me place face aux fenêtres encore éclairées, j'aperçois la silhouette vieillie de sa mère, fanée mais encore toute de nerfs, que je n'ai pas revue depuis vingt ans.

Puis je m'allonge dans l'herbe, à la place où son cadavre encore chaud est venu s'échouer. Mon cœur bat fort. Notre sang Jardin bouillonne dans mes tempes. Où est parti le sien ? et ses rires pétillants ? Je regarde les étoiles qu'il n'a pas vues, respire l'air qu'il ne respire plus, vis alors pour deux. À quelques mètres, j'aperçois une mare qui reflète le ciel et le rapproche un peu de lui. Rien ne ride l'eau, sauf un friselis sulfureux, surface crêpée par un courant d'air qui n'arrive pas jusqu'à moi. J'étouffe.

Puis des chiens aboient. Troublé, je bondis par-dessus le mur. Les chiens furieux ne m'ont pas eu. J'ai sauté à temps. Qu'aurais-je dit aux gendarmes s'ils m'avaient cueilli ? La mort des êtres aimés, ça rend fou.

Si c'était à refaire

Frédéric est un maître du montage au bon tempo et des retournages s'il n'a pas « dans la boîte » ce qui lui paraît digne d'être montré. En l'écoutant, je me suis souvent demandé ce que serait ma vie remontée, retournée avec son exigence.

Si je pouvais rectifier mes inconduites passées, gommer mes fautes et réécrire les scènes, voici ce que j'aurais voulu vivre fin septembre 1993, juste après avoir récupéré Emmanuel au sortir de sa première tentative de suicide. Cette alerte tonitruante que personne – moi, au premier chef – n'a voulu entendre.

J'aurais dû flairer ce qui allait arriver et accepter mes responsabilités en faisant illico interner administrativement Emmanuel au lieu de me défausser sur sa mère, qui n'était pas en état de le protéger contre lui-même puisqu'elle ne l'avait jamais fait. La responsabilité n'est pas affaire de préséance, elle est affaire d'amour.

Passé la période de crise aiguë, j'aurais dû figer mon existence un peu hâtée jusqu'à ce que la sienne se reconstruise. Mesquin, je n'ai alors pas eu cette qualité d'amour. L'entourage ne l'a jamais. Ne comptez pas sur vos proches pour vous inciter à vous engager dans l'amour-don. La norme est désormais au moi-d'abord puéril, socialement admis, conforté quand il n'est pas célébré. Ce type de choix supérieurement adulte est de l'ordre de l'intime. Il engage le sens ultime de votre passage sur terre. Notre société a dévalorisé l'engagement radical pour autrui. Quiconque se jette dans cette voie absolue passe pour asocial, bizarre ou un peu janséniste.

J'aurais dû offrir à mon frère en naufrage le secours qu'il réclamait en silence. Sauver un être de ses enfers intérieurs requiert une limpidité de cœur que je n'avais pas. Une certaine médiocrité égocentrique me possédait alors.

Mon plus vif regret est ne pas avoir été à la hauteur de son chagrin d'être mal-né non-désiré. Ses parents lui ont refilé leur violence âcre, leur immaturité mal bâtie, et c'est sans doute la plus atroce et fatale des inégalités.

Voilà comment j'aimerais remonter ma vie. Que n'ai-je eu alors le courage de penser l'impensable…

11 octobre 1993

Que deviendra désormais cette date contournée, annulée, puis réapprivoisée ?

L'épouvantable anniversaire ? Celui du crime de mon frère aussi irréaliste que je suis devenu réaliste avec bonheur. De mon frère possédé par ses folies tandis que, peu à peu, j'ai dompté les miennes. Mon frère dangereux, happé par sa sexualité vertige alors que la mienne – délicieusement conjugale aujourd'hui – me rend enfin à moi-même ? Mon frère pétri de nostalgisme alors que je reste amoureux de demain ? Mon frère égaré dans sa nature alors que je me trouve enfin au bras d'une femme-vie de premier rang ? Mon frère diablement mortifère alors que tout en moi reste tourné vers le vivant des choses ? Mon frère fraudeur, si fuyard devant mes succès, alors que je me suis longtemps battu pour vivre mes objectifs ? Mon frère admirateur de notre grand-père alors que j'ai toujours eu une honte indélébile de porter son nom ?

Ou le 11 octobre prendra-t-il, chaque nouvelle année, la couleur de nos proximités folles ? De notre fantaisie si partagée ? De notre joie similaire à croire en nos visions ubuesques ? De notre gentillesse tendre ? De notre drôlerie diablement Jardin capable de désérieuser toute situation salie de gravité ?

Et si le 11 octobre devenait surtout l'anniversaire de mes ambivalences face à ce frère tant estimé, tant oublié, tant critiqué, tant nié crétinement et tant condamné pour cette scène poisseuse d'abus sexuel mais par ailleurs tant admiré pour sa poésie subtile ? L'anniversaire, en définitive, de son obscurité et de sa lumière, de mes paniques face à lui comme de mon admiration entière pour sa nature hors série, inaccomplie ?

Et l'anniversaire un peu écrasant de ma si lourde culpabilité de ne pas l'avoir sauvé, de ne pas avoir choisi l'amour fraternel absolu dans les jours qui ont précédé son acte irrémédiable.

Aimer, n'est-ce pas embrasser le tout d'un être ? N'est-ce pas la définition même de l'amour vrai, du seul amour qui affranchisse de la petitesse ?

Frédéric a raison

La raison puissante et charpentée qui respire en Frédéric m'apaise aujourd'hui. Après l'ouragan de décès que nous venons d'essuyer – en moins d'un an la mort de notre très beau beau-père Pierre, de notre mère mordue par la maladie et de notre sœur Marie-Barbara –, il reste mon roc familial, avant que ne se déploie mon couple éternel et magique avec ma Canadienne tissée de libertés.

Quand notre vieille mère désarroyée par l'extinction de Pierre et les atteintes hideuses d'une dégénérescence cérébrale a été titillée par l'idée de se suicider, c'est lui qui a pris le parti de l'aider à durer pour que chaque lien familial ait le temps de se vivre jusqu'au bout et de se mettre en ordre. Il a été le gardien du temps sage dans une famille accoutumée à tout presser. Les succions internes de la maladie la vidaient de sa vitalité, empierraient sa silhouette, mais par le rire il lui a permis de clore ses liens, de ne pas atrophier ce qui devait être vécu. En lui, la raison préempte la réaction libertaire. Alors qu'en moi ça se bousillait. Je m'en faisais de sacrés maux de ventre, des suées nocturnes. Des ruisseaux, je devenais. Par tous les pores, ma panique s'exhalait. Maigrissant, je m'espaçais dans ma peau. Je n'étais plus étanche, tellement je souffrais. Le malheur, je l'avais dans le boyau.

Être frère, c'est aussi se transmettre des sagesses contre la démence de sa tribu.

11 octobre 2023

Le 11 octobre prochain, je dînerai avec Frédéric s'il le veut. Nous célébrerons notre fraternité à tous les trois, on se radinera dans une de ces brasseries qui sont la forte distraction des Parisiens. Emmanuel, tu reprendras ta place dans notre famille rafistolée, nous parlerons de toi pour la première fois avec sérénité. Sans légitimer ta vraie folie, sans mésestimer ta liberté vrombissante, sans diminuer tes responsabilités, sans restreindre tes talents. En t'acceptant. Dans ta splendeur poétique, dans tes mots-sarbacanes qui saisissaient, dans tes lâchetés aussi, tes vices embusqués, tes souffrances abyssales, dans ton étrange absence d'angoisses matérielles, dans le droit que tu t'es accordé de nous quitter, dans tes fraudes existentielles, dans tes courages inconcevables et les nostalgies qui te passaient jusqu'au cœur.

À table, nous ferons dresser trois couverts, dont un pour toi. Tu auras ta place, Emmanuel. Nous ferons servir un grand vin que tu aimais et je lirai un passage du *Petit Prince*. Peut-être évoquerons-nous papa. Puis j'irai tête nue en scooter, sans casque, faire le tour de Paris pour me ressouvenir que risquer sa vie est aussi une vertu, et que la prudence excessive est une anesthésie du cœur.

Ce soir-là, on sera des frères.

DU MÊME AUTEUR

Essais

LES MAGICIENS, Albin Michel, 2022.

RÉVOLTONS-NOUS, Robert Laffont, 2017.

LAISSEZ-NOUS FAIRE, Robert Laffont, 2015.

MES TROIS ZÈBRES, Grasset, 2013 ; Le Livre de Poche, 2015.

DES GENS TRÈS BIEN, Grasset, 2011 ; Le Livre de Poche, 2012.

1 + 1 + 1…, Grasset, 2002 ; Folio, 2005.

Romans

LA PLUS-QUE-VRAIE, Albin Michel, 2021.

FRANÇAISE, Albin Michel, 2020 ; Le Livre de Poche, 2021.

LE ROMAN VRAI, L'Observatoire, 2019 ; Le Livre de Poche, 2022.

DOUBLE-CŒUR, Grasset, 2018 ; Le Livre de Poche, 2020.

MA MÈRE AVAIT RAISON, Grasset, 2017 ; Le Livre de Poche, 2019.

LES NOUVEAUX AMANTS, Grasset, 2016 ; Le Livre de Poche, 2018.

JUSTE UNE FOIS, Grasset, 2014 ; Le Livre de Poche, 2016.

JOYEUX NOËL, Grasset, 2012 ; Le Livre de Poche, 2013.

QUINZE ANS APRÈS, Grasset, 2009 ; Le Livre de Poche, 2010.

CHAQUE FEMME EST UN ROMAN, Grasset, 2008 ; Le Livre de Poche, 2010.

LE ROMAN DES JARDIN, Grasset, 2005, Le Livre de Poche, 2007.

LES COLORIÉS, Gallimard, 2004, Folio, 2005.

MADEMOISELLE LIBERTÉ, Gallimard, 2002, Folio, 2003.

AUTOBIOGRAPHIE D'UN AMOUR, Gallimard, 1999, Folio, 2001.

LE ZUBIAL, Gallimard, 1997, Folio, 1999.

L'ÎLE DES GAUCHERS, Gallimard, 1995, Folio, 1997.

LE PETIT SAUVAGE, Gallimard, 1992, Folio, 1994.

FANFAN, Flammarion, 1993, Folio, 1992.

LE ZÈBRE (prix Femina), Gallimard, 1988, Folio, 1990.

BILLE EN TÊTE (prix du Premier Roman), Gallimard, 1986, Folio, 1988.

Composition IGS-CP
Impression CPI Bussière en mai 2023
Éditions Albin Michel
22, rue Huyghens, 75014 Paris
www.albin-michel.fr

ISBN : 978-2-226-48034-7
N° d'édition : 25281/01 – N° d'impression : 2071703
Dépôt légal : septembre 2023
Imprimé en France